VICTORY NOVELS

米海軍崩壊

❶逆襲の真珠湾攻撃!

原 俊雄

電波社

この作品はフィクションであり、登場する国家、団体、人物などは、
現実の国家、団体、人物とは一切関係ありません。

米海軍崩壊(1)——もくじ

逆襲の真珠湾攻撃！

序　章　ラバウル沖大決戦……7
第一章　山口多聞の大戦略……51
第二章　ミッドウェイ惨敗……68
第三章　サラトガ 対 大鳳……86
第四章　新雷爆撃機／暁星《ぎょうせい》……134
第五章　第二機動部隊出撃……146
第六章　米空母一〇隻在泊……166
第七章　第一波攻撃隊出撃……174

序　章　ラバウル沖大決戦

1

日米開戦と同時の「真珠湾《しんじゅわん》奇襲作戦」は、連合艦隊参謀長に就任した山口多聞《やまぐちたもん》少将の献策により中止された。

ところが一九四二年（昭和一七年）二月になると宿敵・太平洋艦隊がいよいよ動き出し、マーシャル、ギルバート両諸島やウェーク島などが相次いで空襲を受け、連合艦隊司令長官の山本五十六《やまもといそろく》大将は思わず嘆息した。

――米空母がついに動き始めたぞ！　……こんなことなら、やはり真珠湾を奇襲しておくべきではなかったか……。

山本が後悔するのも無理はない。二月二〇日にはラバウル東北東沖にも米空母が現れ、ラバウルもまた〝空襲を受けるか!?〟と思われたが、一式陸攻が捨て身の反撃を敢行して、米空母の攻撃を未然に防いでみせた。

発見された米空母は一隻でそれは「レキシントン」と思われたが、その直後に軍令部から〝敵にラバウル再攻撃の兆候がみられる！〟との通報があり、山本は、味方機動部隊に出撃を命じざるをえなかった。

いや、参謀長の山口少将は〝米空母は必ず出て来るもの〟と予想して、開戦以来こうした状況がおとずれるのを、むしろ待ち望んでいた。

「敵空母のヒット・エンド・ラン攻撃にやきもきさせられましたが、どうやら今度こそ、捕まえられそうです！」

米空母の来襲にそなえて山口は、ラバウル、ウェーク島攻略後、南雲忠一《なぐもちゆういち》中将の第一機動部隊をトラック基地で待機させておいた。

空母「赤城《あかぎ》」「蒼龍《そうりゆう》」「飛龍《ひりゆう》」「翔鶴《しようかく》」「瑞鶴《ずいかく》」の主力空母五隻である。

ちなみに、空母「加賀《かが》」は軽空母などとともに第二機動部隊を編成し、山縣正郷《やまがたまさくに》少将（海兵三九期卒）が指揮官となって今、南方攻略作戦に従事していた。

かたや第一機動部隊は、南雲中将が第一航空戦隊の「赤城」「蒼龍」「飛龍」を直率、原忠一《はらちゆういち》少将の第五航空戦隊「翔鶴」「瑞鶴」を従えて、太平洋正面で米艦隊の来寇《らいこう》にそなえていた。

ウェーク島やマーシャル、ギルバート諸島などはトラックから一三〇〇海里以上も距離が離れており、米空母のヒット・エンド・ラン攻撃をあえなくゆるしたが、ラバウルまでは七五〇海里ほどしか距離が離れていない。

南雲部隊が速力二五ノット程度でトラックから出撃すれば、翌日にはラバウル近海へ到達するので、山口が言うように今度こそ、米空母を捕捉できる可能性があった。

そして、軍令部からもたらされた情報に誤りはなかった。じつはオーストラリア政府が日本軍のニューギニア進出に驚き、アメリカ政府に警告を発して応援を要請していた。豪州との連携を重視するルーズベルト大統領は、これに応じ、太平洋艦隊司令長官のハズバンド・E・キンメル大将にオーストラリア救援を厳命した。

ニューギニアに触手を伸ばしつつある日本軍は航空兵力をかき集め、ラバウルを一大航空拠点にしようとしている。

日本軍のニューギニア進出を喰い止めるにはラバウルの航空兵力を削《そ》ぐしかなく、キンメル大将もいよいよ重い腰を上げて本格的な反撃に撃って出ようとしていた。

しかし現状では、アメリカ陸海軍の反撃体制が充分にととのっておらず、部隊を上陸させてラバウルを奪還するほどの戦力はない。そこでキンメル大将は、とりあえず空母「レキシントン」の部隊にラバウル攻撃を命じたが、空母がわずか一隻では到底〝歯が立たない！〟ということが、二月二〇日にはっきりとした。

――ちっ、「レキシントン」だけでダメなら、残る空母も出すしかない！

年明け一月の時点で、太平洋艦隊の指揮下には空母が四隻存在した。空母「レキシントン」「サラトガ」「エンタープライズ」「ヨークタウン」の計四隻である。

昨年一二月一〇日には、イギリス海軍の誇る戦艦「プリンスオブウェールズ」と「レパルス」が日本軍基地航空隊の猛攻に遭ってあっさり撃沈されており、根っからの大艦巨砲主義者であるハズバンド・E・キンメルもさすがに空母の護衛なしでは、日本軍の支配地域に艦隊を近づけることができなくなっていた。

ところが、一月一二日に「サラトガ」が日本軍潜水艦から不意撃ちを受け、魚雷二本を喰らって修理に四ヵ月を要する大損害をこうむってしまった。「サラトガ」は、ウィリアム・S・パイ中将の第一任務部隊に所属していた。

太平洋艦隊の次席指揮官であるパイ中将もまたキンメル大将に負けず劣らずの大艦巨砲主義者であり、パイがみずからの率いる鈍足の旧式戦艦群と一緒に「サラトガ」を出撃させたのが結果的によくなかった。空母「サラトガ」は戦艦群と歩調を合わせて航行しているところを日本の潜水艦に狙われたのだった。

けれども「サラトガ」は首の皮一枚で沈没をまぬがれ、キンメルやパイが戦艦中心の艦隊編成をあらためるようなことはなかった。

そもそもパイはアナポリスの卒業年次がキンメルより三期上（一九〇一年組）で、三期下のキンメル（一九〇四組）は、先輩であるパイに対してどうしても遠慮がちになる。部隊編成を空母中心にあらためるなど、パイに差し出がましい指図を出すのは気が引けた。

しかも、キンメル自身がいまだに戦艦の力を信じていたし、パイ中将はよほど厳《いか》めしい顔付きをしているので〝なかなか操縦しづらい……〟というのが本音で、キンメルとしてはパイの顔を立てざるをえない。

かたやウィリアム・F・ハルゼー中将はキンメルとアナポリス同期のため、遠慮なく意思疎通を図ることができた。

太平洋艦隊司令長官のキンメルは〝第二任務部隊〟を直率しており、ハルゼーの空母「エンタープライズ」も〝第二〟の指揮下に在《あ》った。

「鈍足の戦艦群から護衛を受けるなど『エンタープライズ』の足手まといになるだけで、まっぴらごめんだ！」

ハルゼーがそう告げると、キンメルはあっさり第二任務部隊の編成を解いた。

そして、第八任務部隊を新たに編成。空母「エンタープライズ」を任務部隊の基幹とし、自身の乗る「ペンシルヴァニア」など戦艦三隻を編成から外してハルゼーが存分に指揮を振るえるようにしたのであった。

太平洋艦隊司令長官　H・E・キンメル大将
（真珠湾）参謀長　W・W・スミス大佐
・第一戦艦戦隊／戦艦ペンシルヴァニア
　戦艦アリゾナ、ネヴァダ
〔第一任務部隊〕W・S・パイ中将
・第二戦艦戦隊／戦艦カリフォルニア
　戦艦テネシー、オクラホマ
・第四戦艦戦隊／戦艦ウェストヴァージニア
　戦艦コロラド、メリーランド
・空母ヨークタウン
・第九巡洋艦戦隊／軽巡フェニックス
　軽巡セントルイス、ボイス
　軽巡ホノルル、ヘレナ
・第一水雷戦隊／軽巡ラーレイ
　駆逐艦九隻
〔第八任務部隊〕W・F・ハルゼー中将
・空母エンタープライズ
・第五巡洋艦戦隊／重巡ノーザンプトン
　重巡チェスター、ルイスヴィル
　重巡ポートランド
・第三巡洋艦戦隊／軽巡リッチモンド
　軽巡コンコード、トレイトン
・第二水雷戦隊／軽巡デトロイト
　駆逐艦九隻
〔第三任務部隊〕W・W・ブラウン中将
・空母レキシントン

・第四巡洋艦戦隊／重巡ペンサコラ
　重巡ソルトレイクシティ、シカゴ
　重巡インディアナポリス
・第六巡洋艦戦隊／重巡アストリア
　重巡ニューオリンズ、ミネアポリス
　重巡サンフランシスコ
／付属駆逐隊　駆逐艦九隻

　オーブリー・W・フィッチ少将の将旗を掲げた空母「サラトガ」は、周知のとおり日本軍潜水艦から雷撃を受け、四ヵ月の戦線離脱を余儀なくされた。代わって空母「ヨークタウン」が第一任務部隊に編入されて、パイ中将の戦艦群を護《まも》ることになった。フランク・J・フレッチャー少将が座乗する空母「ヨークタウン」は一月中に真珠湾へ回航されていた。


　空母「レキシントン」は、本来「サラトガ」と同一戦隊を組んでいたが、今回、第三任務部隊の旗艦となって、ウィルソン・W・ブラウン中将の将旗を掲げている。

　キンメル大将はハルゼー中将の意向を尊重して第一戦艦戦隊の出動を止めたが、パイ中将に同じことを強要するわけにはいかず、パイの第一任務部隊は、従来の編成を維持したまま、真珠湾から出撃していたのだった。

　三隻の空母は三つの部隊に一隻ずつ配備されており、おのずと分散している。

　キンメル大将の太平洋艦隊はいまだ大艦巨砲主義から脱却しきれていなかったが、山本大将の連合艦隊は、世界でいちはやく空母の集団運用に踏み切り、すでに航空母艦を主力とする機動部隊を創設していた。

◎連合艦隊　司令長官　山本五十六大将
（瀬戸内海）参謀長　山口多聞少将
・第一戦隊／戦艦「大和《やまと》」「長門《ながと》」「陸奥《むつ》」
〔第一機動部隊〕指揮官　南雲忠一中将
（トラック）　参謀長　草鹿龍之介《くさかりゅうのすけ》少将
・第一航空戦隊　司令官　南雲中将直率
　空母「赤城」「蒼龍」「飛龍」
・第五航空戦隊　司令官　原忠一少将
　空母「翔鶴」「瑞鶴」
・第三戦隊　司令官　三川軍一《みかわぐんいち》中将
　戦艦「比叡《ひえい》」「霧島《きりしま》」
・第八戦隊　司令官　阿部弘毅《あべひろあき》少将
　重巡「利根《とね》」「筑摩《ちくま》」
・第一水雷戦隊　司令官　大森仙太郎《おおもりせんたろう》少将
　軽巡「阿武隈《あぶくま》」　駆逐艦九隻

〔第二機動部隊〕指揮官　山縣正郷少将
（ダバオ）　首席参謀　伊藤清六《いとうせいろく》中佐
・第二航空戦隊　司令官　山縣少将直率
　空母「加賀」　軽空「瑞鳳」
・第四航空戦隊　司令官　角田覚治《かくたかくじ》少将
　軽空「龍驤《りゅうじょう》」「祥鳳《しょうほう》」
・第五戦隊　司令官　高木武雄《たかぎたけお》少将
　重巡「妙高《みょうこう》」「那智《なち》」「羽黒《はぐろ》」
・第二水雷戦隊　司令官　田中頼三《たなからいぞう》少将
　軽巡「神通《じんつう》」　駆逐艦九隻
※機動部隊以外の編成は便宜上、割愛す。

　未曾有《みぞう》の巨大戦艦「大和」は二月一二日付けで連合艦隊の旗艦となり、すでに山本大将の将旗を掲げている。「大和」以下、第一戦隊の戦艦三隻は呉《くれ》の柱島錨地《はしらじまびょうち》に碇泊していた。

肝心の機動部隊は、山縣少将の第二機動部隊が周知のとおり南方作戦に従事しており、一月下旬のラバウル占領後、南雲中将の第一機動部隊がトラックで待機を命じられていたが、二月二〇日には連合艦隊の旗艦「大和」から「赤城」に、ラバウル近海に現われた〝米空母を追撃せよ！〟との命令が下り、第一機動部隊は二一日・正午過ぎにいよいよトラックから出撃した。

そして、二月二二日・午後にはラバウルの北東およそ三五〇海里の洋上へ達し、索敵を開始したが、その日のうちに米艦隊を発見することはできなかった。

無理もない。ブラウン中将の第三任務部隊が残る第一、第八任務部隊と合同できたのはようやく二二日・夕刻のことで、その時点でラバウルまでの距離は九〇〇海里ほど離れていた。

しかも、一部の艦艇は重油の補給を受ける必要があり、合同した米空母三隻がラバウルへ向けて進撃を開始したのは、二三日・朝を迎えてからのことだった。

米艦隊が思いのほか合同に手間取ったのは、ほかでもない鈍足の旧式戦艦六隻を伴っていたからであった。

ブラウン部隊とハルゼー部隊は二一日の朝には早くも合同を果たしており、空母「エンタープライズ」の艦上では、業を煮やした参謀長のマイルズ・R・ブローニング中佐が、怒りをぶちまけるようにして罵《ののし》っていた。

「ボス、兵は拙速《せっそく》を尊《たっと》ぶと申します！　ここはもう、『ヨークタウン』を待たず、『エンタープライズ』と『レキシントン』だけでラバウルを空襲すべきではありませんかっ⁉」

ハルゼーもまったく同感でブラウン中将とさっそく連絡を取ったが、「レキシントン」と「エンタープライズ」だけで独断専行する、という考えにブラウンは消極的だった。

理由はいくつもある。

ラバウルはトラックに近く日本軍の空母が迎撃に現れる危険性があり、「ヨークタウン」を置いてきぼりにするのは、パイ中将の顔に泥を塗るようなことにもなりかねない。また、ブラウン部隊の一部の駆逐艦は燃料が不足していた。すぐに燃料切れとなるようなことはないが、ブラウンとしてはそれが気掛かりだった。

「そんなもの！　ラバウルを急襲してから給油すればよいのです！」

ブローニングはさらに罵ったが、さすがのハルゼーもブラウンに強要することはできない。

そもそもオアフ島司令部は〝三隻でラバウルを攻撃せよ！〟と命じていたし、ブラウン中将はアナポリス卒業〝一九〇二年組〟で、ハルゼーより二期上なのだ。

中将に昇進したのはハルゼーのほうが早かったが、空母三隻で攻撃するという方針のため、司令部やブラウン中将の意向を無視して、「レキシントン」の艦首に縄を掛けて引っ張ってゆくわけにもいかなかった。

あるいは、ハルゼーが最先任で、三隻の空母を思いどおりに動かせたとすれば、二二日の朝にはラバウル沖へ急行して、日本の空母五隻が戦場へ到着する前に飛行場を撃破することができたかもしれない。

しかし実際には、ブラウンの反対に遭《あ》い、ハルゼーとしてもここは自重するしかなかった。

「念のために訊《き》くが、『エンタープライズ』だけでやれるかね？」

するとこれには、さしものブローニングも口をつぐんだ。

すでに「レキシントン」が敵前にすがたを晒《さら》して日本軍機から攻撃を受けていたので、日本の空母がラバウル沖へ撃って出て来る可能性はかなり高い。問題はその数だが、ハルゼーやブローニングは、多ければ〝四隻〟と見積もっていた。

日本軍の主力空母は全部で六隻。

日本の空母は二隻でペアを組んで作戦することが多く、フィリピン沖の南シナ海で〝日本の空母を発見した！〟という報告が数日前に入っていたため、二人は、中部太平洋方面で行動している敵空母は〝多くて四隻だろう……〟と考えていたのだった。

だとすれば「エンタープライズ」一隻のみでラバウルを急襲するのは、やはり無謀と言わざるをえず、ブローニングもさすがにハルゼーの質問に首を振って、結局、「ヨークタウン」の到着を待つことになったのである。

2

一九四二年（昭和一七年）二月二四日・ラバウル現地時間で午前五時二〇分――。

薄明を迎えると、ラバウル近海へ進出した日米両空母部隊はほぼ同時に索敵を開始した。

空母「レキシントン」による一度目の機動空襲作戦が失敗に終わり、ハルゼー中将は、日本軍空母部隊の出現を予期して、「エンタープライズ」による索敵をみずから買って出た。

――「レキシントン」単独での接近から三日以上も時間が経過している。もはやラバウルに対する奇襲は不可能だ！　下手にラバウルを奇襲しようとすると、ジャップ空母部隊から横やりの攻撃を受ける可能性が高い！

そう考えたハルゼーは、薄明と同時に「エンタープライズ」から索敵爆撃隊のドーントレス一八機を発進させた。

航空戦はハルゼー中将に一日の長がある。それはだれもが認めるところであり、ブラウン中将は索敵を買って出たハルゼーの申し出に一も二もなくうなずき、空母「ヨークタウン」に座乗するフレッチャー少将も〝それが最善だ〟とこの方針に進んで従った。

空母「エンタープライズ」の索敵爆撃隊が最も練度が高いので、当然の申し出だ。

航空の素人《しろうと》を自認するパイ中将は、からっきし自信がなく、「ヨークタウン」の指揮をほとんどフレッチャー少将に丸投げしている。空母「サラトガ」を撃破されたパイは、ただただ日本軍潜水艦の出現を恐れており、戦艦群の近くから「ヨークタウン」をなかなか手放そうとしないのは、同艦から発進する対潜哨戒機の庇護を必要としていたからであった。

・空母「ヨークタウン」　搭載機七八機
（F4F二四、SBD三八、TBD一六）
・空母「エンタープライズ」　搭載機七八機
（F4F二四、SBD三八、TBD一六）
・空母「レキシントン」　搭載機七八機
（F4F二四、SBD三八、TBD一六）

三つの部隊に分散しているが、三空母の搭載する航空兵力はF4Fワイルドキャット戦闘機七二機、SBDドーントレス急降下爆撃機一一四機、TBDデヴァステイター雷撃機四八機の計二三四機に達している。

開戦まもないこの時期、アメリカ海軍はいまだ戦闘機の重要性を充分に認識しておらず、米空母の搭載機はあきらかに急降下爆撃機にかたよった編成となっていた。

まずは、日本の空母が近くで行動していないかどうか、そのことをぜひとも確かめておく必要がある。ハルゼー中将は「エンタープライズ」が搭載する半数ちかくのドーントレスを惜しげもなく索敵に出した。

いっぽう、日本軍機動部隊も負けていない。

空が白み始めると同時に南雲中将は、戦艦「比叡」「霧島」および重巡「利根」「筑摩」から零式水偵・計六機、空母「翔鶴」「瑞鶴」からも艦攻三機ずつを出して索敵を開始した。

昨日（二三日）はまる一日掛けて周辺洋上をくまなく捜索したが、索敵が空振りに終わり、この日はラバウルの東北東・約五〇〇海里の洋上まで軍を進めて、全部で一二機の水偵、艦攻に発進を命じた。

南雲が航空戦の指揮を執るのはこれがはじめてだが、参謀長の草鹿龍之介少将や航空参謀の源田《げんだ》実《みのる》中佐に背中を押されて、ラバウルの東方洋上へ思い切って軍を進めていた。

「わが潜水艦がレキシントン級米空母（実際はサラトガ）を撃破しておりますので、残る敵空母は多くても四隻です！」

源田の強気な進言に、南雲はしかとうなずいてみせたが、それもそのはず。飛行隊の練度はすこぶる高く、並み居る歴戦の搭乗員が第一機動部隊の母艦にごっそり配属されていたし、かれが率いる主力空母五隻の艦上では、それらベテラン搭乗員の操る一線級の艦載機が三〇〇機余りも唸《うな》っていた。

第一機動部隊／指揮官　南雲忠一中将
　第一航空戦隊　司令官　南雲中将直率
・空母「赤城」　搭載機数・計六六機
（零戦三〇、艦爆一八、艦攻一八）
・空母「蒼龍」　搭載機数・計五七機
（零戦二一、艦爆一八、艦攻一八）
・空母「飛龍」　搭載機数・計五七機
（零戦二一、艦爆一八、艦攻一八）
　第五航空戦隊　司令官　原忠一少将
・空母「翔鶴」　搭載機数・計七二機
（零戦二七、艦爆一八、艦攻二七）
・空母「瑞鶴」　搭載機数・計七二機
（零戦二七、艦爆一八、艦攻二七）

第一機動部隊の航空兵力は零戦一二六機、艦爆九〇機、艦攻一〇八機の計三二四機。
このうちの艦攻六機を今しがた索敵に出したので、残る兵力は三一八機となっているが、それでも南雲は三〇〇機以上の艦載機を戦いに動員することができる。
あるいは「サラトガ」が参戦しておれば、彼我《ひが》の航空兵力は拮抗《きっこう》していたはずだが、南雲部隊が保有する艦載機数は、このとき米側を九〇機ほど上まわっていたのである。

はたして、偵察機の巡航速度に優劣はなく、日米両艦隊はほぼ同時に敵空母を発見した。

彼我の距離は約一九〇海里で日米の空母八隻はただちに攻撃隊の出撃準備を開始した。が、南雲機動部隊の上空へ到達した一機のドーントレスは果敢にも空母への攻撃をこころみ、帝国海軍の将兵はみな、その動きに驚かされた。

――なにっ⁉　米軍索敵機は急降下爆撃を仕掛けて来るのかっ！

そのドーントレスは、航続距離を延ばすために一〇〇〇ポンド爆弾ではなく、破壊力のちいさい五〇〇ポンド（約二二七キログラム）爆弾を装備して出撃していた。

洋上の空母群はすっかり意表を突かれたが、こういうこともあろうかと、源田参謀が念のために九機の零戦を直掩《ちょくえん》に上げていた。

九機が飛び立ったおもな目的は対潜近接哨戒だったが、零戦のうちの一機が、空母群へ迫ろうとするドーントレスに間一髪で気づき、敵機の前上方から捨て身の攻撃を仕掛けた。

そのため「赤城」に襲い掛かろうとしていたドーントレスは急遽《きゅうきょ》狙いを、後方をゆく「蒼龍」に変更したが、急降下し始めた直後に零戦から狙われて猛烈な一撃を喰らった。

それでも同機は爆弾の投下に成功。みなが〝どうなることか……〟と、はらはらしながら見守っていたが、「飛龍」から発進したその零戦は、なんと、相撃ちとなりながらもドーントレスの撃墜に成功し、直後にエンジンから火を噴いて海へ自爆突入した。

その光景にみなが眼を奪われたが、肝心なのは爆撃を受けた「蒼龍」のほうだ。

艦長は海兵四四期卒の柳本柳作《やなぎもとりゅうさく》大佐で、柳本大佐は零戦の犠牲を決してムダにせず、とっさに面舵を命じて直撃を避け、「蒼龍」は寸でのところで爆弾の回避に成功していた。

しかし南雲は、索敵爆撃という敵機の意表を突いた戦法に肝を冷やされ、いきなり零戦一機を失い、「蒼龍」も左舷舷側に亀裂を生じるという損害を受けたのだった。

やがて柳本艦長から連絡が入り、「蒼龍」は依然三三ノットでの航行が可能で、戦闘行動にまったく〝支障はない〟ということが判明、南雲もほっと胸をなでおろした。

「索敵機で急降下爆撃を仕掛けて来るとは、わたしも驚きました……」

源田がそうつぶやくと、草鹿参謀長はこくりとうなずいたが、南雲もまったく同感だった。

単機で空母へ襲い掛かって来た敵機の勇敢さに南雲は敬意を表したが、米軍は侮《あなど》れず、敵空母を一刻も早く攻撃しなければならない。

空母五隻の艦上では今、攻撃隊の準備が急がれていたが、「蒼龍」がもし、直撃を喰らっていたとしたら、同艦はいまごろ大惨事となっていたのにちがいなかった。

第一波攻撃隊／攻撃目標・米空母三隻
①空母「赤城」／零戦一二、艦爆一八
①空母「蒼龍」／零戦六、艦爆一八
①空母「飛龍」／零戦六、艦爆一八
⑤空母「翔鶴」／零戦九、艦攻二四
⑤空母「瑞鶴」／零戦九、艦攻二四
※○数字は所属航空戦隊を表わす。

第一波攻撃隊の兵力は、零戦四二機、艦爆五四機、艦攻四八機の計一四四機。

攻撃隊の準備は午前七時二〇分にととのった。

第一波は瑞鶴飛行隊長の嶋崎重和《しまざきしげかず》少佐が指揮官となって出撃し、午前七時三五分にはその全機が上空へ舞い上がった。

午前六時五〇分ごろ「赤城」に報告を入れて来たのは「筑摩」から発進した水偵だったが、午前七時過ぎには同機から第二報も入り、出て来た米空母は全部で〝三隻である〟ということがすでにわかっていた。

「三群に分かれた敵艦隊に空母がそれぞれ一隻ずつ存在し、敵空母はいずれも攻撃隊の準備を急いでいる模様です！」

通信参謀がそう報告するや、源田がすかさず第二波攻撃隊の準備を進言し、南雲も〝事は一刻を争う！〟と即座に応じて源田の進言にうなずいていた。

そして午前八時一五分、第二波攻撃隊も発進準備を完了して、母艦五隻の艦上から先頭の零戦が一斉に発進を開始した。

第二波攻撃隊／攻撃目標・米空母三隻
①空母「赤城」／零戦六、艦攻一八
①空母「蒼龍」／零戦六、艦攻一八
①空母「飛龍」／零戦六、艦攻一八
⑤空母「翔鶴」／零戦六、艦爆一八
⑤空母「瑞鶴」／零戦六、艦爆一八
※〇数字は所属航空戦隊を表わす。

第二波攻撃隊の兵力は、零戦三〇機、艦爆三六機、艦攻五四機の計一二〇機。

今度は第一機動部隊・飛行総隊長の淵田美津雄《ふちだみつお》中佐が指揮官となって出撃し、午前八時二五分には全機が上空へ舞い上がった。

総隊長の淵田中佐が〝第二〟波を率いることになったのには理由がある。

淵田中佐は魚雷を装備した艦攻に乗って出撃してゆくが、降下爆撃隊、雷撃隊ともに一航戦・三空母の搭乗員のほうが断然、練度が高いし、機数も多い。

そこで源田参謀は、素早い攻撃に長けた一航戦の降下爆撃隊でまず敵空母の飛行甲板を破壊してしまい、同じく練度の高い一航戦の雷撃隊を第二波にまわして、敵空母にとどめを刺すことにしたのであった。

第二波の発艦機数は五空母とも二四機と数が少なく、全機がわずか一〇分で飛び立った。

こうして南雲中将は、第一波、二波を合わせて二六四機にも及ぶ攻撃機を発進させたが、味方空母も〝必ず攻撃を受ける！〟と考えて、五四機の零戦を艦隊防空用として、手元に残しておいたのである。

いっぽう三隻の空母を事実上、指揮下に置いていたハルゼー中将は、索敵爆撃隊のドーントレスから報告を受けて、まず驚いた。

「なにっ⁉　ジャップ空母は五隻もいたか！」

多くても四隻という予想が外れて、この報告にはブローニングも驚いたが、敵空母群との距離が一九〇海里と近く、もはや戦いを避けることはできない。

ここは覚悟を決め、真っ向から勝負を挑むしかないが、ひとつ大きな問題があった。

すでに旧式化しつつあるＴＢＤデヴァステイター雷撃機は、合理的な攻撃半径が一七五海里程度しかなく、一五海里ほど距離が足りない。

そこで三空母は速力二八ノットで敵方へ向けて三〇分ほど前進してから攻撃隊を出すことにしたが、パイ中将の旧式戦艦群は最大でも二一ノットの速力しか発揮できず、置いてきぼりを喰うことになる。

せっかくパールハーバーから出撃して来たのはよいが、旧式戦艦六隻は結局、空母の足手まといにしかならないのであった。

対潜警戒の必要上「ヨークタウン」を手放すのは不安だが、事態は切迫しており、もはや四の五の言っておられない。喫緊《きっきん》の課題は、いつ現れるかわからぬ敵潜水艦よりも、眼前に迫りつつある敵空母群に対する対処だ。

思い悩んだ挙句パイもついに決断し、「ヨークタウン」を手放してハルゼー中将の指揮下へゆずることにした。

この申し出に、ハルゼーはようやくニヤリとし顔をほころばせたが、ブローニングの反応はあくまで冷ややかだった。

「当然です！　この決定が三日ほど早ければラバウルを急襲できたものを……、遅すぎです！」

むろんハルゼーも同感だったが、これで「ヨークタウン」を思いどおり動かせるようになり、断然、戦いやすくなる。

当のフレッチャー自身もハルゼー部隊の指揮下へ入ることを望んでおり、これでようやく、空母戦を挑む、お膳立てがととのった。

――やれやれ、パイ中将がよく考えなおしてくれたものだ……。

ハルゼーだけでなくフレッチャーもそう思ったが、ハルゼー部隊は「ヨークタウン」編入後、ブラウン部隊と敵方へ向けて西進し、その三〇分ほどのあいだに攻撃隊も準備することができた。

第一次攻撃隊／攻撃目標・日本空母群
・空母「エンタープライズ」　出撃機四四機
（F4F八、SBD二〇、TBD一六）
・空母「ヨークタウン」　出撃機六二機
（F4F八、SBD三八、TBD一六）
・空母「レキシントン」　出撃機六二機
（F4F八、SBD三八、TBD一六）

第一次攻撃隊の兵力はワイルドキャット戦闘機二四機、ドーントレス急降下爆撃機九六機、デヴァステイター雷撃機四八機の計一六八機。

時計の針が午前七時三〇分を指すと、ハルゼー中将はすかさず第一次攻撃隊に発進を命じ、それに応じてブラウン中将も空母「レキシントン」の艦上から攻撃機を発進させた。

東北東から貿易風が吹いており、三隻の米空母は東へ反転しながら攻撃隊を出す必要があった。しかも「ヨークタウン」「レキシントン」は一気に六二機もの攻撃機を発進させる必要があり、第一次攻撃隊の全機が発進を終えるのにたっぷり三五分を要した。

ドーントレスは全機が破壊力の大きい一〇〇〇ポンド爆弾を装備し、デヴァステイターはすべて航空魚雷を装備している。重量級の爆弾や魚雷を装備した攻撃機が次々と上空へ舞い上がり、その勇壮な光景に見入りながら、ハルゼー中将はいかにも満足そうに葉巻を吹かしていた。

しかし日本軍が五隻もの空母を集団で運用して来るとは思いもせず、ハルゼーやブローニングはこのとき味方戦闘機の少なさを痛感していた。

――敵空母が五隻ということは、二〇〇機を優に超える敵機が来襲するかもしれない……。

だとすると、手元に残しておいたワイルドキャット四八機では防空戦闘機の数がいかにももの足りず、攻撃隊にもわずか二四機の護衛戦闘機しか付けてやることができなかった。

――ジャップが空母の集団運用に踏み切ったとすれば、わが空母に搭載する戦闘機の数を、もっと増やす必要がある！

二人はそう悔いていたが、もはや手後れで、ブローニングの脳裏には、大艦巨砲主義から抜けきれないキンメル大将とパイ中将の顔が恨《うら》めしげに浮かんでいた。

「全機無事、発進いたしました！」

航空参謀の報告にハルゼーやブローニングはうなずいてみせたが、デヴァステイターの航続力に不安があるため、攻撃隊は空中集合を実施せずに進撃して行った。

・第一群／午前七時四五分ごろ進撃開始
（F4F二四、SBD六〇）計八四機
・第二群／午前八時五分ごろ進撃開始
（SDB三六、TBD四八）計八四機

第一次攻撃隊はおおむね二群に分かれて進撃してゆき、午前八時五分には発進を完了。第一群のワイルドキャット二四機には、第二群が到着するまで〝出来るだけ敵艦隊上空で粘るように〟との指示が出されていた。

3

日米両軍機動部隊は午前七時三〇分過ぎから午前八時二〇分過ぎに掛けて、ほぼ同時に攻撃隊を発進させたが、いちはやく敵艦隊上空へ達したのは日本軍の第一波攻撃隊だった。

米空母三隻はすでに対空見張り用レーダーを装備しており、米艦隊の手前・約三五海里の上空で午前八時四〇分ごろに空中戦が始まった。

米空母三隻から飛び立った四八機のワイルドキャットはレーダーに誘導されてすでに迎撃態勢を構築していた。しかし、来襲した日本軍機の数が一四四機と多く、非常な苦戦を強《し》いられた。

第一波の兵力はグラマンの三倍をかぞえ、零戦がそのうちの四二機を占めている。

開戦から二ヵ月半ほど経過したこの時点ではまだ、米軍パイロットはゼロ戦の強さを充分には認識しておらず、安易に突入したワイルドキャットが艦爆や艦攻へ手出しする前に、ゼロ戦によって次々と空戦にまき込まれてゆく。

ワイルドキャットの空戦能力では零戦におよそ歯が立たず、米軍戦闘機隊は迎撃戦の有利をなかなか活かしきれない。

それでもワイルドキャットのほうが若干、数で上まわっており、空戦場から脱したワイルドキャットが、いよいよ嶋崎少佐の率いる攻撃隊本隊に手出しして来た。

――来たかっ、ここが正念場だ！

嶋崎は気合いを入れなおして、とっさに密集隊形を命じ、零戦の援護も受けながら敵艦隊上空へと急いだ。

ガソリンに余裕があるとみた嶋崎は俄然《がぜん》、攻撃隊の進軍速度を一四〇ノットから一八〇ノットへ引き上げたが、それでもめざす敵空母を発見するのに一〇分ほど掛かり、そのあいだに艦爆一一機と艦攻一〇機を失って、零戦も八機が撃墜されてしまった。

むろんやられっ放しではなく、零戦は一六機のワイルドキャットを返り討ちにし、数の上においても〝三四対三二〟とグラマンを圧倒、ほぼ航空制圧に成功して、嶋崎本隊はそれ以降、空母への攻撃におおむね専念することができた。

眼下に捉えた米空母は二隻。その周囲を多数の敵艦が取りかこんでいる。

二隻は、写真で何度も見たことのあるヨークタウン級の米空母で、脳裏に焼き付いたその艦型を嶋崎が見まちがえるはずもなかった。

実際に西へ先行していたのは空母「エンタープライズ」と「ヨークタウン」の二隻だった。

――相手にとって不足はない！　が、出て来た敵空母は三隻のはず。……残るもう一隻がどこかに居るはずだ……。

この時点で残る攻撃兵力は艦爆四三機、艦攻が三七機となっており、眼下の二隻を撃破するには充分だ。

――よーし、もう一隻も探し出してやる！

嶋崎はそう決意したが、憎きグラマンが再び襲い掛かって来ぬとも限らず、魚雷を抱いて鈍重な艦攻は捜索に向いていない。そこで嶋崎は、最も練度が高い蒼龍艦爆隊の江草隆繁《えぐさたかしげ》少佐に、未発見米空母の捜索を命じ、みずからは残る艦攻三七機と艦爆二九機を率いて、眼下の米空母二隻へ襲い掛かることにした。

時刻は午前八時五五分になろうとしている。まもなく江草少佐から了解を取り付けると、嶋崎はいよいよ意を決して突撃命令を発した。

『全軍、突撃せよ！（トトトトトッ！）』

第一波の目的はまず、米空母の飛行甲板を破壊することにある。江草もそのことを重々承知しており、三隻目の米空母を見つけ出して、その飛行甲板を使用不能におとしいれるのが〝みずからの務め！〟と心得ていた。

江草機以下の艦爆一四機は、零戦三機の援護を受けながら、速力一八〇ノットでさらに東進して行った。

二隻の米空母は西進を止めて今、東へ退避しようとしている。それを逃すものかと嶋崎はすかさず〝ツ連送〟を発し、雷撃隊の艦攻三七機を直率して低空へ舞い下りた。

空母「エンタープライズ」「ヨークタウン」はすでに三〇ノットちかくの高速で疾走しており、「エンタープライズ」のほうがわずかに東へ先行していた。

艦名は知る由《よし》もないが、嶋崎は敵空母の動きを観て、赤城爆撃隊の艦爆一四機と翔鶴雷撃隊の艦攻二〇機を「エンタープライズ」の攻撃に差し向け、みずからは瑞鶴雷撃隊の艦攻一七機と飛龍爆撃隊の艦爆一五機を直率して「ヨークタウン」の攻撃に向かった。

それを見て、空母二隻や米艦艇は一斉に対空砲をぶっ放し、弾幕を張る。ハルゼー部隊はすでに輪形陣を採用していた。

日の丸飛行隊は矢のように飛び交う敵弾をものともせず突入してゆくが、猛烈な砲火にさらされて艦爆、艦攻四機ずつをさらに失った。

結局、嶋崎本隊では艦爆二六機と艦攻四四機が投弾に成功した。

両空母に対する攻撃は三〇分ちかくに及び、瑞鶴雷撃隊と飛龍爆撃隊は空母「ヨークタウン」に見事、爆弾三発と魚雷二本を命中させて、これを大破したが、「エンタープライズ」に対する攻撃はそう簡単ではなかった。

空母「エンタープライズ」は乗組員の士気と練度が最も高く、艦長のジョージ・D・マレー大佐が見事な舵さばきで、投じられた一〇発の爆弾を次々とかわし、放たれた一七本の魚雷をすべて回避してみせた。

しかしさすがの「エンタープライズ」もすべての爆弾を回避することはできず、攻撃の最終盤に降下した艦爆二機から、立て続けに二発の爆弾を喰らった。

爆弾の一発は「エンタープライズ」の飛行甲板後部に命中し、もう一発は艦橋前方の飛行甲板を直撃した。

眼前で閃光が走り、ハルゼー中将も火柱が昇るのを目撃したが、日本軍爆撃機が投じたのはいずれも二五〇キログラム爆弾で、座乗艦「エンタープライズ」は深刻な被害を受けずに済んだ。

ボイラー一基を損傷したがいまだ二八ノットでの航行が可能で、「エンタープライズ」は被弾から一〇分後には火を消し止め、それから一五分後には、後部飛行甲板に開いた孔も塞《ふさ》ぐことに成功したのである。

「本艦は充分、戦闘力を維持しております！」

マレー艦長がそう告げると、ハルゼーは大きくうなずいてみせたが、問題は「ヨークタウン」のほうだった。

爆弾三発に加えて魚雷二本を喰らった「ヨークタウン」は、艦が左へ傾斜し、速力もわずか一〇ノットに低下していた。

もはやこうなると艦載機の運用は困難で、フレッチャー少将はすでに退艦を決め、重巡「ポートランド」へ移乗しようとしていた。

「残念ですが、『ヨークタウン』は戦闘力を喪失しました」

ブローニングがそう告げると、さしものハルゼーも力なくうなずいた。それもそのはず。手痛い損害をこうむったのは「ヨークタウン」だけではなかった。

東へ五海里ほど先行していた空母「レキシントン」も、時を同じくして空襲を受けており、立て続けに爆弾四発を喰らって速力が一八ノットまで低下していた。

いうまでもなく、「レキシントン」へ襲い掛かったのは江草少佐の別動隊で、江草機は指揮官先頭で真っ先に突入、飛行甲板のほぼ中央にいきなり爆弾を命中させた。

そのあとブラウン隊は、対空砲火で艦爆二機を撃墜したものの、江草機の放った爆弾が炸裂。その衝撃で「レキシントン」は、機関出力が一時的に低下して一気に二〇ノットちかくまで減速してしまった。

そこへ残る艦爆一一機が次々と襲い掛かり、ボイラーの圧力が上昇する前に、「レキシントン」はさらに爆弾三発を喰らったのだ。

ボイラーの圧力が上がり始めた直後にさらなる爆撃を受け、火災が機関部にまで達して、「レキシントン」の速力は結局、一八ノットまで低下してしまった。

そのため「エンタープライズ」は、部隊から落伍して来た「レキシントン」に今、追い付こうとしており、三空母のうち「ヨークタウン」のみが西へ大きく後れて航行していた。

空母「レキシントン」にはブラウン中将が座乗している。同艦もまた攻撃機の発進は不可能となり、大破にちかい損害をこうむっていたが、飛行甲板の孔さえ塞げば、戦闘機はなんとか運用できそうだった。

しかし、飛行甲板を復旧するのにたっぷり一時間以上は掛かると思われた。

「司令官。復旧後も戦闘機しか飛ばせません。……旗艦を変更されますか？」

参謀長のショーメイカー中佐は暗に移乗をうながしたが、ブラウンが答える前に通信参謀が駆け込み報告した。

「新手の敵機群がこちらへ向かっております。その数一〇〇機以上！　あと一五分ほどでわが上空へ進入して来ます！」

レーダーが日本軍・第二波攻撃隊の接近を探知したのだ。時刻は午前九時三〇分を回ろうとしている。

まもなく西方上空で空中戦が始まり、「レキシントン」が再び空襲を受けるのはもはやまちがいなかった。艦隊上空を護るワイルドキャットはその数を三二機に減らしている。

――防空戦闘機がこれだけ減っては敵機の進入を阻止するのは到底不可能だろう……。

だとすれば、旗艦の変更を命じてもとても間に合わず、空襲中に他艦へ司令部を移そうとすればいたずらに混乱をまねくだけで、大惨事となるにちがいなかった。

　ブラウンはショーメイカー中佐の進言に首を振り、「レキシントン」艦上で指揮を執り続けることにしたのである。

4

　いっぽうそのころ、ハルゼー部隊から西南西へ一九〇海里ほど離れた洋上では、南雲部隊もまた米軍攻撃隊から空襲を受けていた。

　敵機の来襲を予期していた南雲中将は手持ちの零戦五四機をすでに迎撃に上げており、午前八時五七分ごろに艦隊の東方およそ三〇海里の上空で空中戦が始まった。

　来襲したのは米軍攻撃隊の第一群でその兵力は八四機だったが、二四機の戦闘機しか護衛に付いておらず、およそ零戦の敵ではなかった。

　零戦は二段構えの迎撃態勢を執り、四五機が米軍攻撃隊へ襲い掛かり、残る九機は空母群直上の護りに就いていた。

　迎撃に向かった零戦は、同数の二四機でワイルドキャットに空戦を挑み、残る二一機で六〇機のドーントレスに波状攻撃を仕掛けた。

　その間に南雲中将の空母群は西進、来襲した敵機群との距離をすこしでも稼ごうとした。これが功を奏して、零戦はたっぷり一五分ほど敵機を迎撃することができ、九機を失いながらもワイルドキャット一二機とドーントレス一八機を撃墜してみせた。

　いや、それだけではない。零戦はさらに一六機のドーントレスを撃退していたが、敵機の進入をすべて阻止することはできず、二六機のドーントレスに空母群上空への進入をゆるした。

しかしそこでは、直掩隊の零戦九機が周知のとおり待ち構えており、狙う空母へ向けて突入する前に六機のドーントレスが失われ、さらに四機が大損害を受けて攻撃を断念した。また、突入後も二機のドーントレスが対空砲火の餌食《えじき》となり、結局、爆弾の投下に成功した第一群のドーントレスは一四機だった。

幾多の関門を運よく突破した一四機は、当然のようにして南雲機動部隊の旗艦・空母「赤城」に襲い掛かって来た。

残る空母二、三隻も視界に入っていたが、ほかの空母と比べて飛行甲板の位置が高くずんぐり腰高な「赤城」のすがたはいかにも特徴的だ。白面のパイロットはみな、先を争うようにして手柄をもとめ、写真や映像で見なれた「赤城」を標的に選んだのだった。

しかしゼロ戦に追撃されながらの攻撃は容易ではない。しかも日本の空母はいずれも三〇ノットちかくの高速で左右へ分かれて急回頭し始めたので、一四機のドーントレスのうちの六機がにわかに「赤城」への攻撃をあきらめ、「飛龍」に標的を変更した。

敵機の攻撃は一〇分ほどで終了した。両空母は投じられた爆弾の一〇発以上を次々と回避してみせたが、「赤城」に爆弾二発が命中し、「飛龍」も爆弾一発を喰らって飛行甲板を破壊された。

命中したのはいずれも破壊力の大きい一〇〇〇ポンド爆弾だ。両空母の艦上から黒煙がもうもうと昇っている。

空母「蒼龍」「翔鶴」「瑞鶴」の艦上からもその様子が確認でき、南雲部隊の将兵はみな、言葉を失くして心配そうに見守っている。

旗艦「赤城」が爆撃を受け、機動部隊司令部は今、混乱状態にあるようだが、双眼鏡をかざしても、「赤城」「飛龍」がすぐに沈没しそうな気配はなかった。

みなが固唾《かたず》を呑んで見守っている。やがて「飛龍」のマストに〝二八ノット可能！〟との信号旗が揚がり、「蒼龍」艦長の柳本大佐は、まずは胸をなでおろした。

まもなく「飛龍」が鎮火に成功したこともわかり、これでだれもが〝「飛龍」は大丈夫だ！〟と膝を打ってよろこんだが、いまだ「赤城」からはなんの音沙汰もない。

すると、駆逐艦「磯風《いそかぜ》」を介してようやく「蒼龍」に連絡が入り、「赤城」は消火に成功して二四ノットでの航行も可能だが〝通信に支障を来たした〟ということが判明した。

通信がやられたのでは旗艦として不都合だ。続けて「磯風」から〝司令部を「蒼龍」に移す〟との連絡が入り、むろん柳本はこれに〝了解！〟とただちに応じた。

こうして「赤城」は旗艦の任を解かれることになったが、同艦の不幸はなおも続いた。

すでに米軍攻撃隊の第二群が迫っており、迎撃隊の零戦は二一機のドーントレスを撃退してみせたが、残るドーントレス一五機にあえなく進入をゆるしたのだ。

投弾は〝ゆるさぬ！〟とばかりに直掩隊の零戦が猛然と突っ込む。が、その数は九機から八機に減っており、六機のドーントレスを撃退するのが精いっぱいだった。

零戦の追撃をかわしたドーントレスが、機首を突っ込み、ついに急降下を開始した。

残るドーントレスは九機だ。全空母、全艦艇が死にもの狂いで対空砲をぶっ放すが、対応が一瞬後れて一機も撃ち落とすことができない。

それでも「赤城」は計七発の爆弾を回避してみせたが、またもや二発が命中し、飛行甲板をずたずたに引き裂かれた。

艦内で再び火災が発生し、焼けただれてゆく飛行甲板が「蒼龍」からも確認できた。同時に「赤城」の速度はみるみる低下してゆく。

——いかん、これはやられたかもしれんぞ！

柳本の脳裏に一瞬〝沈没〟の二文字がよぎったが、「赤城」が航空母艦としての機能を喪失したのはもはやあきらかだった。

「赤城」は戦闘力をすっかり奪われたが、すべての艦載機を発進させて格納庫が〝もぬけの殻《から》〟となっており、誘爆は避けることができた。

懸命の消火の結果、艦長の長谷川喜一《はせがわきいち》大佐はボイラーの全滅をなんとか喰い止め、「赤城」はわずか一一ノットながらも、自力航行が可能な状態を維持していた。

ところが、まったく油断がならない。「赤城」は火を消し止めるのに四〇分ほど掛かり、消火作業中に、残る敵雷撃機が〝落伍した同艦にとどめを刺そう！〟と殺到して来た。

じつは、デヴァステイター雷撃機の巡航速度はわずか一一二ノットで、第二群のドーントレスと歩調を合わせることができず、米軍攻撃隊は、実際には三群に分かれて南雲部隊の上空へ進入して来たのだった。

デヴァステイター四八機は、第二群のドーントレスから一三分ほど後れて、日本軍艦隊の上空へすがたを現した。

速度が大きく低下していただけに、迫り来る敵雷撃機を見て、「赤城」を見守る日本軍将兵は、まるで生きた心地がしなかった。いまの「赤城」に魚雷を回避するような力はないと思われたが、零戦は、魚雷を抱いて鈍重なデヴァステイターの周囲をぐるぐると回れるほどで、速度と旋回性能で敵雷撃機を完全に圧倒していた。

直掩隊の八機をふくめ零戦はいまだ三六機が健在であり、みなが撃墜数の〝稼ぎ時だ！〟と勇み立って、デヴァステイターをかたっぱしから撃ち落としてゆく。

敵雷撃機が火を噴いて落ちるたびに四空母の艦上で歓声が沸き起こり、勝利はちかいと思われたが、空戦の輪は次第に味方空母群の方へ近づいて来る。おぼつかない足取りの「赤城」がなんとも歯がゆかった。

そして、敵雷撃機の一機がついに「磯風」の上空を飛び越え、魚雷の投下に成功した。

不運な「赤城」はいまだ消火中で、速度はいっこうに上がらない。

みなが胸騒ぎを覚えたが、高度五〇〇メートル付近から投じられたその魚雷はまるで見当違いな方角へ疾走してゆき、「赤城」は間一髪のところで事なきを得たのだった。

残る敵雷撃機にはすべて零戦が喰らい付いており、デヴァステイターは結局、四一機が撃墜されて、残る七機もしっぽを巻いて逃げ、日本の空母に一本の魚雷も命中させることができなかったのである。

午前一〇時にはすべての敵機が上空から飛び去り、南雲機動部隊は「赤城」が大破し、「飛龍」も中破にちかい損害をこうむっていた。

5

午前九時四三分。「赤城」に四発目の爆弾が命中したころ、東方はるか一九〇海里の洋上では、アメリカ軍の空母三隻が日本軍・第二波攻撃隊から空襲を受けていた。

　第二波攻撃隊は、三二機のワイルドキャットから迎撃を受けて零戦六機、艦爆七機、艦攻九機を失いながらも果敢に東進し続け、米空母群上空への進入に成功した。

　その間に護衛戦闘機隊の零戦は一二機のワイルドキャットを返り討ちにしており、制空権の奪取にほぼ成功した総隊長の淵田中佐は、満を持して午前九時四〇分に突撃命令を発した。

――なるほど、やはり米空母は三隻いる！

　敵空母群の上空へ攻撃隊を導いた淵田は、またたく間に〝レキシントン級一隻とヨークタウン級二隻だ〟と看破《かんぱ》して、攻撃を急いだ。

　ヨークタウン級の一隻は、残る二隻の後方・約五海里に落伍しており、速度がすでに一〇ノットちかくまで低下している。

　かたや、先をゆくヨークタウン級とレキシントン級の二隻は、いまだ二〇ノット前後の速力を維持していると思われ、淵田はまず、それら二隻を優先的に攻撃することにした。

　敵戦闘機の迎撃網を突破した時点で、攻撃兵力はいまだ七四機も残っていた。艦爆二九機と艦攻四五機だ。

　淵田自身が直率する赤城雷撃隊は、練度が最も高く、その第二中隊の艦攻七機（二機をすでに喪失）を村田《むらた》重治《しげはる》少佐が率いている。

後方に落伍しているヨークタウン級は〝確実に仕留められる！〟と確信した淵田は、レキシントン級の攻撃に村田機以下の艦攻二一機と艦爆一二機を差し向け、先行するヨークタウン級（エンタープライズ）の攻撃に艦攻一六機と艦爆一七機を差し向けた。

そしてみずからは、赤城雷撃隊・第一中隊の艦攻八機（一機をすでに喪失）を直率して、眼下に落伍している、もう一隻のヨークタウン級空母へ襲い掛かり、同艦の息の根を止めることにしたのであった。

淵田は、「ヨークタウン」が左へ傾いていることにすでに気が付いていた。しかも落伍した同艦には護衛が駆逐艦二隻しか付いていない。

淵田はまず、「ヨークタウン」の右舷側から第三小隊の艦攻二機を差し向けた。おとりだ。

その上で、残る艦攻六機を直率してきっちり低空へ舞い下りると、米空母は右舷側から放たれた魚雷を回避するために右へ回頭し始めた。

的艦「ヨークタウン」の左舷・舷側がすっかりむき出しとなっている。

――よし、もらった！

淵田はすかさず魚雷の投下を命じ、艦攻六機が一斉に魚雷を切り放す。それを見て「ヨークタウン」はあわてて左旋回へ入ろうとするが、速度が上がらずなかなか舵が効かない。

わずか一〇ノットしか出せない敵空母を淵田がやり損なうはずもなかった。

次の瞬間、空母「ヨークタウン」の左舷から巨大な水柱二本が昇り、同艦はやがて航行を停止して、左へ大きく傾きつつゆっくりと波間へ没していった。

すでに退艦を決めていたフレッチャー少将や幕僚は、淵田隊から攻撃を受ける前に駆逐艦「ラムソン」へ移乗しており、このあと重巡「ポートランド」へ将旗を移すことになる。

結局、「ヨークタウン」は全部で爆弾三発と魚雷四本を喰らって息の根を止められた。四本目の魚雷を喰らったあともしばらく浮いていたが、艦は左へ大きく傾いて、傾斜を強めながらあきらかに沈みつつある。

上昇しながらそのことを確認すると、淵田は操縦員の松崎彰《まつざきあきら》大尉に命じて愛機を東進させた。村田機などを追い掛けて残る二空母に対する攻撃を見守り、いかなる戦果を挙げるか判定してやろうというのだ。真っ先に攻撃を終えた淵田機は東へひとつ飛び。すると、空母一隻の艦上からすでに黒煙が昇っていた。

飛行甲板から高々と黒煙を揚げているのは「レキシントン」だった。二五〇キログラム爆弾二発が命中して、これで「レキシントン」は計六発の爆弾を喰らっていた。

爆撃に成功したのは坂本明《さかもとあきら》大尉の率いる瑞鶴降下爆撃隊で、かれらはすでに攻撃を終えようとしている。村田少佐の雷撃隊もすでに六機が攻撃を終えていた。

魚雷はまだ命中していないが、レキシントン級の速度はさらに低下している。もはや一五ノットを切っているようで、先をゆくヨークタウン級との距離は三万メートルちかく離れていた。

残る雷撃機は一五機となっている。そこには村田機もふくまれているはずで、よりいっそう目を凝らして淵田は、低空へ舞い降りた味方雷撃機を注視していた。

艦攻が次々と降下して海面すれすれに突入してゆく。接敵を開始した艦攻は八機をかぞえた。

今、レキシントン級空母は左旋回を終えたところで、次は右へ回頭するのにちがいなかった。左舷側から投じられた魚雷六本を取り舵で巻き込みながらかわし、たった今、右前方から迫って来た八機の艦攻に気づいて、今度は右旋回でかわそうというのだ。

味方雷撃隊は意を決して魚雷を投じる。魚雷八本が次々と放たれ、自慢の航空魚雷が海中をみるみる疾走してゆく。

ところが、敵もさるもの、淵田の読みはすっかり外れ、一旦直進し掛けたレキシントン級空母は右へ回頭せず、再度、艦首を左へ振って左旋回を続けた。

——おやっ⁉　こりゃ、いかん！

淵田は意表を突かれて眉をひそめたが、それは二番手で突入した艦攻八機も同じこと。敵空母が予想外の動きに出たため、かれらも上昇しながら思わず舌打ちした。

空母「レキシントン」にとってもこれはひとつの賭けだった。速度が一四ノットまで低下していたのですぐには舵が効かず、一旦、直進航行に入った「レキシントン」は、再び左へ回頭するその刹那に魚雷一本を喰らってしまった。

右舷から巨大な水柱が昇り、「レキシントン」の速力はいよいよ一〇ノットまで低下した。

それを見て淵田も〝やれやれ……〟と胸をなでおろし、大きく息を吐く。そして、そのときにはもう、最後まで突入を控えていた艦攻〝七機〟が海面すれすれまで舞い降り、米空母の右舷側から迫っていた。

機をみて敏なる、そのあざやかな突入に釘付《くぎづ》けとなり、淵田はいよいよ確信した。

――ははあ、これこそブッさん（村田少佐）の雷撃隊だ！　機数が七機だしまちがいない！　しんがりで突入して、きっちり幕引きを図ろうというのだな……。

速度低下をまねきながらも「レキシントン」はようやく左旋回に入り、二番手で突入した艦攻八機が投じた残る七本の魚雷をぎりぎりのところで回避していた。

一難は去ったが、再度左旋回に入ったのはたしかに大きな賭けで、「レキシントン」のこの賭けは結局、失敗して〝裏目〟と出た。

淵田の眼に狂いはなく、しんがりで突入を開始した艦攻は、まぎれもなく村田重治少佐が隊長を務める、赤城雷撃隊の七機だった。

二番手で突入した艦攻一機から右舷・艦尾に魚雷を喰らってしまい、「レキシントン」はまったく舵が効かない。

そこへ、村田雷撃隊がすかさず襲い掛かり、対空砲火で艦攻一機を撃墜されながらも、空母「レキシントン」の右舷へ、立て続けに三本の魚雷を命中させた。

見下ろす敵空母の舷側から巨大な水柱が次々と昇り、その瞬間に淵田は勝利を確信した。

――よし、三本だっ！　三本ともきっちり右舷に集中させたっ！

速度が一気に低下して敵空母は右へ大きく傾き始める。すると、その直後に想像を絶する光景が現出した。自艦の搭載する一〇〇〇ポンド爆弾が弾倉庫で滑り落ち、「レキシントン」が突如、大爆発、内部崩壊し始めたのだ。

　空母「レキシントン」の格納庫は密閉式で、艦内深部で発生した大爆発を外へ逃がすことができなかった。

　けたたましい轟音《ごうおん》が鳴りひびいた直後に艦全体が一瞬にして業火《ごうか》に呑み込まれ、上空からはもはや空母「レキシントン」のすがたを確認するのが困難となっていた。

　あまりのすさまじさに淵田も絶句、爆炎に呑まれて沈みゆく、劇的な「レキシントン」の最期に積年の恨みも捨て、しずかに合掌した。

　それからしばらく淵田は、時が止まったかのような感覚におそわれていたが、ふと気づくと、上昇して来た艦攻一機が愛機に並び掛け、さかんにバンクを振っている。

　もしやと思うと、それはやはり村田機で、淵田は〝よしよし〟とうなずいて脱帽してみせた。


　こうして第二波攻撃隊は二隻の米空母「レキシントン」「ヨークタウン」を見事、撃沈してみせたが、残る〝もう一隻〟に対する攻撃は、予想外の苦戦を強いられていた。

　残る一隻はいうまでもなく空母「エンタープライズ」で、そちらの攻撃に向かっていたのは翔鶴降下爆撃隊の艦爆一七機と飛龍雷撃隊の艦攻一六機だった。

　これら三三機は翔鶴飛行隊長の高橋赫一《たかはしかくいち》少佐に率いられていたが、思わぬ苦戦を強いられたのにはわけがあった。

　突撃を命じる前に総隊長の淵田は、空母「エンタープライズ」の速力も〝二〇ノット前後しか出ていない〟とみていたが、実際には二八ノットでの航行が可能で、「エンタープライズ」は「レキシントン」をあっさり追い抜いていた。

――ヨークタウン級二隻を沈めるよりもヨークタウン級とレキシントン級を一隻ずつ沈めたほうがいいだろう。……レキシントン級のほうが排水量が大きく三万トンを超す大艦だから、建造に金も掛かっているはずだ！

淵田はそう考えて、より練度の高い村田機などを「レキシントン」の攻撃に差し向けたが、「エンタープライズ」はいまだ高速回避が可能で、この選択が間違いとまではいえないが、すこし残念な結果を生むことになった。

ひときわ激しい弾幕を掻いくぐって高橋少佐の翔鶴爆撃隊も果敢に突入、対空砲火で艦爆三機を失いながらも、高速で回避する「エンタープライズ」に爆弾一発を意地で命中させた。しかし、二五〇キログラム爆弾では決定的なダメージをあたえることはできず、空母「エンタープライズ」はそのあとも二七ノット以上の速力で爆弾や魚雷をことごとく回避し続けた。

結局、飛龍雷撃隊は、魚雷を一本も命中させることができず、対空砲火で艦攻二機を撃ち落とされて「エンタープライズ」をあえなく取り逃したのだった。

淵田はこの結果にまったく不満足だったが、敵空母の速力を過小評価したのは自分だから、人の所為《せい》にもできない。

――ちっ、こしゃくな米空母めっ！　中破するにとどまったか……。

とはいえ宿敵・米海軍の一線級空母をきっちり二隻は沈めた。まずは大戦果にちがいなく、淵田はまもなく引き揚げを命じて、米艦隊上空をあとにしたのである。

それは午前一〇時二五分のことだった。

6

全攻撃機のほぼしんがりで淵田機が「赤城」の上空へ帰投して来たのは午前一一時五五分ごろのことだった。

そのとき、空母「赤城」は消火に成功したばかりで、飛行甲板は四発の命中弾によってめちゃくちゃに破壊されており、とても着艦できるような状態ではなかった。

帰投して来た一航戦の攻撃機はやむをえず「飛龍」と「蒼龍」に分かれて着艦し、淵田機も「蒼龍」に着艦し収容された。

一航戦で唯一、爆撃をまぬがれた「蒼龍」にはこのあと、南雲長官以下、司令部幕僚の面々も移乗して来ることになっている。

淵田もまもなくそのことを知ったが、旗艦「赤城」が大破したため、南雲部隊ではしばらく混乱状態が続いていた。

三番艦「飛龍」は、被弾したおよそ四〇分後になんとか飛行甲板の孔を塞いで着艦可能な状態に復旧されていた。

しかし、「飛龍」から迎撃に飛び立っていた零戦の一部は「翔鶴」「瑞鶴」で収容されており、南雲部隊が結局、攻撃機の収容をすっかり終えたのは午後零時三〇分のことだった。

帰投機の収容を終えると、原少将は翔鶴型空母二隻から艦攻三機ずつを索敵に出し、午後一時過ぎには南雲中将以下が移乗を完了して、「蒼龍」にようやく将旗を掲げた。

一一ノットしか出せない「赤城」は駆逐艦二隻を伴って、先にトラックへ引き揚げて行った。

それはよかったが、機動部隊・旗艦「赤城」の被弾がアダとなって、残る四空母も再攻撃準備にいつになく手間取り、第三波攻撃隊の出撃準備がようやくととのったのは、午後二時三〇分のことだった。

原少将の命令で索敵に飛び立った艦攻のうちの一機が午後二時前に、再び米空母を発見していたが、その報告によると、追撃すべき米空母はすでに味方空母群の東方およそ二四〇海里の洋上まで退いていた。

艦攻が再発見した敵空母はむろん「エンタープライズ」だった。しかし、第三波の出撃準備がととのった午後二時半の時点で報告から三〇分以上が経過しており、再攻撃すべき敵空母は〝もはや二五〇海里余り遠方へ退いているだろう〟とみておく必要があった。

艦爆、艦攻の合理的な攻撃半径は二七〇海里程度だ。動かぬ敵基地ならむろん攻撃可能だが、敵空母は〝二五ノット以上で東進している！〟と索敵機が報じていた。

今すぐ発進を命じたとしても、第三波攻撃隊が敵空母上空へ到達するのにたっぷり二時間以上は掛かる。攻撃隊が発進を終えるのにおよそ一五分を要し、それから二七〇海里以上遠方まで飛んでゆくのに、さらに二時間ほど掛かるのだ。

ガソリンを節約しながら貿易風に逆らって飛ぶ必要があり、第三波攻撃隊は一三五ノット程度の巡航速度で飛んでゆくことになる。

その二時間一五分ほどのあいだに、敵空母との距離は三〇〇海里余り離れてしまっている公算が高く、航空参謀の源田は、攻撃成功の〝見込みなし〟と力なく首を振った。

　実際、源田の計算は正しく、正午過ぎに攻撃隊の収容を完了した「エンタープライズ」は、そのあと速力二七ノットで退避し続けており、午後四時四五分（二時間一五分後）の時点で南雲部隊の東方およそ三一五海里の洋上まで遠く退いていたのである。

　日米開戦から二ヵ月半ほど経過した二月二四日の「ラバウル沖海戦」で南雲機動部隊は空母「レキシントン」「ヨークタウン」の撃沈に成功し、三月一〇日には内地へ凱旋して来た。

　もう一隻の米空母「エンタープライズ」にも中破の損害をあたえており、宿敵・太平洋艦隊はしばらく鳴りをひそめるにちがいなかった。

　連合艦隊はこれで南方作戦に専念できる。第一段作戦は総仕上げの段階に入っていた。

　ただし、南雲中将の第一機動部隊も「赤城」が大破して「飛龍」も中破にちかい損傷を受け、さらに母艦航空隊も、一〇〇機ちかくの航空兵力を消耗し、かなりの搭乗員を失っていた。

　とくに南雲中将が直率する第一航空戦隊は立て直しが必要で、「赤城」の修理や搭乗員の補充に約三ヶ月、「飛龍」の修理にも一ヵ月半ほど掛かると判定された。

　したがって南雲機動部隊が本格的に再始動できるのは五月下旬ごろのことになるが、それよりもさらに深刻なダメージを受けていたのはアメリカ太平洋艦隊のほうだった。

　空母「エンタープライズ」の修理にも二ヵ月ほど掛かるので、太平洋で作戦可能な空母はこれで一気に〝ゼロ〟となってしまった。周知のとおり空母「サラトガ」も修理中なのだ。

三月下旬には空母「ホーネット」がパールハーバーへ到着する予定だが、「ホーネット」一隻ではどうしようもない。

空母「レキシントン」「ヨークタウン」の喪失はアメリカ海軍に大きな衝撃をあたえた。

それだけではない。太平洋艦隊はラバウル空襲という作戦目的も果たすことができず、日本軍にラバウルの航空要塞化をゆるしてしまった。

日本海軍は「ラバウル沖海戦」の余勢を駆ってラバウルへ基地航空部隊を送り込み、ニューギニアに陸軍部隊を上陸させて来た。

このままではポートモレスビーが陥落するのは時間の問題で、空母が「ホーネット」一隻では日本の進軍をとても阻止することができない。

オーストラリア政府はさらに強い口調で警告を発していた。

ルーズベルト大統領もオーストラリア政府の悲痛な訴えを決して見過ごすことができず、ついに大鉈《おおなた》をふるった。

太平洋艦隊司令長官ハズバンド・E・キンメル大将の更迭《こうてつ》に踏み切ったのだ。

なるほど「ラバウル沖海戦」の大敗北は、旧態依然としたキンメルの艦隊運用法に、その原因をもとめることができた。キンメルの作戦指導はパイロット出身者からきわめて評判が悪く、同海戦に参加したハルゼーの参謀長マイルズ・R・ブローニング中佐や空母「ヨークタウン」の副長ジョセフ・J・クラーク中佐などがこぞって海軍省に意見陳述書を突き付け、上層部にキンメル大将の交代を迫ったのだった。

アナポリス同期のハルゼーは一旦、キンメルをかばおうとした。

しかし、大艦巨砲主義からいまだ抜けきらないキンメルに、空母中心の艦隊編制を期待することはできず、結局、ブローニングやクラークなどの意見に押されて、キンメルをとことんかばいきれなかった。

――キンメルはパイ中将に遠慮しすぎた。それをいまさら変えるといってても手後れだし、キンメルがもし、そんな手のひら返しのようなことをすれば、航空屋だけでなく、大艦巨砲主義者からも人望を失うことになるだろう……。それではとても統率などできない！

ハルゼーは当然、空母中心の艦隊編制を望んでいた。でないと、空母の集団運用に踏み切った日本海軍にとても対抗できない。そして、太平洋艦隊が大艦巨砲主義から真に脱却するには、やはりキンメルに退いてもらうしかないと思った。

同期のハルゼーでもそう考えるのだから、ウィリアム・F・ノックス海軍長官やルーズベルト大統領には〝キンメルに続投させる〟という考えはなかった。

ハズバンド・E・キンメルは太平洋艦隊司令長官を解任され、一九四二年三月八日付けで新たな司令長官にチェスター・W・ニミッツが就任、ニミッツは即日、少将から大将に昇進した。

長官就任を打診されたニミッツは、当初これを固辞していたが、ノックス長官や海軍作戦部長のアーネスト・J・キング大将などから説得されて結局、受けることにした。

ただしニミッツは、キングにひとつだけ条件を付けた。

「空母がまるで足りません！　空母『ワスプ』も早急に太平洋へ回航していただきたい」

すると、キング大将もその必要性を認めて、「ワスプ」を「ホーネット」と一緒に太平洋へ回すと約束した。

そしてニミッツは、太平洋艦隊長官に就任するや従来の艦隊編制を改め、パイ中将の戦艦部隊にアメリカ本土西海岸の防衛を命じた。

その上で、一桁《ひとけた》の数字で表されていたこれまでの「第一、第二、第三任務部隊」などをすっかり解隊し、空母を中心とした「第一一、第一六任務部隊」など、二桁の数字で表す部隊を新編、太平洋艦隊の刷新を図ったのである。

キンメルの更迭は航空主兵への転換を周知徹底するためにどうしても必要だった。ニミッツの長官就任は太平洋艦隊に新たな息吹を吹き込み、この男は、山本五十六や山口多聞にとっても手強《てごわ》い相手となる。

第一章　山口多聞の大戦略

1

昭和一六年（一九四一年）一月。第二航空戦隊は正月二日から訓練を開始した。それはエンジン始動程度のものだったが、中国で戦っている航空隊を思えば、正月返上も当然だった。

　山口多聞少将は二航戦の旗艦・空母「飛龍」に将旗を掲げている。山本長官の旗艦「長門」も柱島から佐伯湾《さいきわん》に入り、山口が新年の挨拶にうかがうと、しきりに書き物をしていた。

　その表紙には山本長官の大胆な筆致で〝海軍大臣・及川古志郎《おいかわこしろう》大将〟と宛名が書いてあった。

「孝子《たかこ》さんは元気かね？」

　山口は、山本五十六の紹介で後添い〝孝子〟をもらっていた。

「おかげさまで」

「正月なのに家族にも会えんとは、因果な商売だよ……。毎日、書き物だ」

　山本は事もなげに言ったが、それは大臣に対する意見書にちがいなかった。

「ところでどうかね。猛訓練をやっているようだが、心強いかぎりだ。……それにしてもイギリスもやるね……」

　長官が言うのは英海軍艦載機による「タラント奇襲」にちがいなかった。空母から飛び立った英雷撃機が見事、伊《い》戦艦三隻を大破したのだ。

「さすがユニオンジャックです。源田（実）は英海軍を褒めておりました」

山口がそう応じると、山本は「源田がそう言っておったか……」としきりにうなずき、つぶやくように言及した。

「海軍の戦いも変わるね」

山口も同感だったが、山本は、なおも意味あり気につぶやいた。

「飛行機だ……。おれも先見の明があったことになる……」

これを聞いて、山口は〝長官にはなにか考えがあるな！〟と直感した。いや、入室したときから山口は、書簡をしたためる長官の姿にいつもとはちがう殺気のようなものを感じていた。

なにか近寄りがたさを感じたので、山口のほうからはあえてそれには触れずにいた。

すると長官が、じろりと山口を見すえてついに切り出した。

「日米戦必至の雲行きだ。私は、あるいは連合艦隊を辞めるかもしれないが、引き続きやっておれば、そのときは真珠湾に奇襲を掛け、アメリカの出端《でばな》を挫《くじ》くよ」

山本はさらりと言ってのけたが、山口は棍棒で殴られたような衝撃を受け、思わず口をつぐんでしまった。

「……どうした。俺は本気だよ」

そう断言した長官の顔には決意の跡がありありとうかがえる。

「……くっ、空母による攻撃ですか？」

山口がかろうじてそう訊《き》き返すと、山本はさらに山口を見すえて言った。

「もちろん、空母だ」

「その時は、きみにも行ってもらうぞ！」

続けて山本がそう言及すると、これには山口もうなずかざるをえなかった。

長官は〝山口多聞〟を男と見込んで大きな期待を掛け、第二航空戦隊・空母「飛龍」「蒼龍」をみずからにあずけてくれたのだ。山口が二航戦司令官に就任したのは昨年一一月のことで、山本長官の頭にはすでにそのころから真珠湾攻撃の構想があったのにちがいない。

おそらく一航戦の空母「赤城」「加賀」も作戦に動員されるのだろう。男子の本懐《ほんかい》を遂げるにふさわしい大作戦だ。山口は意気に感じてうなずいたが、慌《あわ》てて首を振った。

「で、ですが、ちょっと待ってください」

うなずいたのにもかかわらず、山口が待ったを掛けたので、山本は不審に思った。

「なんだね、きみらしくもない。……なにか不満でもあるかね？」

山口ならもろ手を挙げて賛成してくれると思っていたので、山本はそう訊いた。

「いえ、艦載機で真珠湾を奇襲するというのは私も大賛成で、成功の見込みはかなりあると思います。これに勝るすばらしい作戦はないと思いますが、……真珠湾に碇泊する敵戦艦を叩いて帰って来るだけですか？」

「……どういう意味かね？　そりゃ空母も撃破できれば言う事ないが……」

山本は山口の質問の意図がわからず、そう訊き返したが、これには山口も困った。

「私は、撃破するのは空母でなければならないと考えますが、私がお聞きしたいのはそういうことではないのです」

「ならば、いったいなんだね？」

山本が業《ごう》を煮やしてそう問いただすと、山口もいよいよ本腰を入れて訊いた。

「真珠湾の敵艦を叩いて帰って来るだけでしょうか、つまり、オアフ島を占領するというお考えはないのでしょうか？」

じつにするどい指摘だ。これには山本も意表を突かれ一瞬、絶句してしまった。

しかし、さすがに山本、声をしぼり出すようにして言った。

「そりゃ、占領したいのは山々だが、上陸船団を伴えば奇襲は極端にむつかしくなる。それにオアフ島を占領するとなると陸軍の協力がどうしても必要だが、マレーやフィリピンを同時に攻略しなければならず、陸軍はハワイ攻略に必ず反対して来るだろう……」

山口もそうにちがいないと思った。

陸軍が反対するのは目に見えているし、たとえ陸軍がうなずいたとしてもマレー上陸作戦やフィリピン攻略作戦をやり遂げるのに大量の輸送船が要る。その上、緒戦にハワイまで攻略するとなると、輸送船がとても足りないはずだった。

「おっしゃるとおり、陸軍は必ず反対して来るでしょう。だとすれば、奇襲に成功したとしても真珠湾の敵艦を叩くだけ叩いて、引き揚げることになりますが、米海軍の鈍足・旧式戦艦をいくら沈めてもさほどの足しにならず、大しておもしろくありません」

山本はにわかに目をほそめ、ぶ然とした表情で山口に念を押した。

「要するにきみは、真珠湾攻撃に反対だと言うのだな？」

「いえ、真珠湾に艦載機で奇襲を仕掛けるという長官の着想はすばらしいと思いますが、日米開戦の初っ端にそれをやるのは、すこしもったいない気がするのです」

「もったいない？　……もったいないとは、どういうことだ？」

「ですから〝ハワイを占領するとき〟にこそ、真珠湾を奇襲すべきである、というのが私の考えです。それを陸軍の協力が得られぬ緒戦にやってしまうのは〝ハワイを占領できずもったいない〟と申し上げているのです」

口に出してこそ言わないが、山口は旧式戦艦をちまちま沈めてもしかたなく、とにかくハワイを占領しなければ〝対米戦の勝利はない〟と考えていた。

「うむ……、なるほど」

「緒戦に真珠湾を奇襲してしまいますと、二度と同じ手を使えなくなります。二度も奇襲をゆるすほど、米軍も甘くはないでしょう。……そうすると、肝心のハワイ占領作戦時に奇襲を期待できなくなり、わがほうは敵空母群とオアフ島航空隊の両方を相手にして戦うハメとなります」

これでようやく山本にも山口の考えが呑み込めたが、山口の言い分にはひとつ大きな見落としがある。山本はすかさずその点を突いた。

「しかし問題は奇襲が成功するかどうかだ。開戦劈頭《へきとう》にやればこそ奇襲を期待できるのであり、わがほうがハワイを攻略しようとするときには、戦争はとっくに始まっておる。米軍はもはや相当に警戒しているはずで、真珠湾を奇襲するなど到底不可能だろう！」

山本の言うとおりだった。

ところが山口はまったく動じない。山口はかねてよりハワイ攻略の研究を深め、ひとつの確信を得ていた。

「開戦後の奇襲は不可能とのご指摘ですが、私はあながち不可能ではないとみております。もちろん必ず成功するとは断言できませんが、開戦後であっても、かなりの確率で成功させる自信があります！」

「ほう……、本当かね？」

山本が首をかしげるのも当然だが、山口はその理由を詳しく説明した。

「まず、ハワイ攻略の時期ですが、やはり冬でなければなりません。機動部隊を進軍させる北太平洋が大いに荒れるからです。この時期、オアフ島米軍は北方六〇〇海里以上の航空哨戒がほぼ不可能となります」

そうだろうと思い、山本はちいさくうなずいてみせた。山口が続ける。

「米軍B17爆撃機は六〇〇海里以上の距離を飛べるでしょうが、北緯三二度線から北は荒天が続くため、六〇〇海里以上の距離を飛ぶにはどうしても雲上飛行となります。つまり雲下をゆくわが機動部隊が発見されることはまずありません。しかも、こうした荒天下での哨戒飛行を一日も欠かさずくり返すのは、いくら米軍といえども常識的に考えて不可能です。そこでわが機動部隊は、オアフ島の北方七〇〇海里付近から夜の暗闇を利して同島へと近づき、未明に攻撃隊を放って夜明けに奇襲を仕掛けるのです」

「……しかし、そう、うまくいくかね？」

「むろん絶対の成功などありえませんが、成功の確率はかなり高いとみます」

山口がそう言い切ると、山本も一定の理解を示してみせた。

「ああ、わかった。……しかし成功の確率が最も高いのは、やはり開戦劈頭だろう」

そのとおりにちがいなく、山口もこれを否定することはできない。

「それはそうですが……」

山本がすかさず突っ込む。

「山口くん。きみの考えはよくわかるが、開戦劈頭の真珠湾攻撃は私の信念だ。アメリカの出端を挫き、米国民の戦意を阻喪《そそう》せしめる！」

ほかでもない、長官に〝信念〟とまで言われては、山口ももはや引き下がるしかなかった。しかし、戦艦を撃沈されたぐらいで、米国民が戦意を失くすかどうか、はたして疑問だ。

山口はもうひと押しした。

「たしかに戦艦数隻を沈めれば、一時は米軍の士気を低下させることができるでしょう。しかし問題は、それからです。最低でもハワイを占領しなければ、米国が講和に応じるようなことは決してありません！」

たしかにそのとおりで、これには山本も、内心弱った。山口がこれほどはっきり反対するとは思わなかったし、山口の考えのほうが正論にちがいないのである。

そして、ほかの者ならいざ知らず山口に対してだけは、頭ごなしに押さえ付けよう、という気が山本には起らなかった。

「そうか……。どうしても反対かね？」

いかにも残念そうな表情で、山本があらためてそう問うと、山口は、山本の顔をじっと見つめて懇々と話し始めた。

「私は心から長官のことを尊敬しております。いちはやく航空機の将来性に眼を向けられたこともそうですが、長官が在米武官をされていたときに示された〝勝負に勝つための三ヵ条〟に私は心底感服し、座右の銘として毎日のように自分自身へこの三ヵ条を問い掛けております」

山本五十六が示した勝利に勝つための三ヵ条とは次のようなものであった。

一、私利私欲を捨てること。
一、科学的、数学的根拠にもとづく判断をすること。
一、勝機が来るのを待つ忍耐。

山本はギャンブルをやるなかで、この三ヵ条を編み出したといわれている。

「ほう。よくそんなことを覚えとるな……」

「なかでも私は、三つめの〝勝機が来るのを待つ忍耐〟というのを非常に気に入っております。……たいへん即物的なもの言いで恐縮ですが、長官は今、すこし功をあせっておられるような気がします。勝機とは、はたしていつでしょうか？　ハワイ占領のお膳立てがととのった、その時こそが勝機ではないでしょうか」

ひと息吐いて山口が続ける。

「私は開戦劈頭に勝機はないとみます。真珠湾に対する奇襲攻撃は取って置きの作戦です。開戦劈頭にそれをやられてしまうと、ハワイ占領の研究を深めてきた私としましては甚《はなは》だ迷惑で、伝家の宝刀を取り上げられたにも等しい！　どうか、ハワイ占領の〝時が来るまで待つ忍耐〟を、お持ちいただけないでしょうか」

功をあせっているとは聞き捨てならないが、たしかに山口の言うとおりかもしれなかった。

開戦劈頭の真珠湾奇襲はじつに魅力的な作戦ではあるが、それは〝私利私欲によるものではないか〟ということを、山本はいま一度、みずからの胸に手を当て、自問せざるをえなかった。

航空隊の練度は高く、緒戦の真珠湾奇襲が戦術的な勝利をおさめるのはまずまちがいない。しかし戦略的に失敗すれば、眠れる獅子《しし》をわざわざ立ち上がらせるようなことになる。だとすれば、開戦劈頭に戦術的な勝機はあっても戦略的な勝機はなく、ハワイ占領時に奇襲してこそ〝戦略的な勝機がある！〟という山口の主張は、なるほどそのとおりにちがいなかった。

そして、ハワイ占領については山口がだれよりも深く掘り下げて研究している。

そのことは山本もよく承知していた。

話は二年ほど前にさかのぼるが、昭和一三、四年当時のことである。

海軍次官と航空本部長を兼務していた山本五十六は、米内光政《よないみつまさ》大臣の同意を得て、海軍の作戦立案を担う軍令部・第一部長に少将に昇進したばかりの山口多聞を抜擢した。

マル三計画で「大和」「武蔵《むさし》」の建造を決めたにもかかわらず、軍令部はマル四計画でも大和型戦艦二隻を建造しようとしており、そのことに業を煮やした山本が、当初予定されていた宇垣纏《うがきまとめ》ではなく山口多聞を第一部長に据えたのだ。

第一部長となった山口は海軍の伝統的戦略「漸《ぜん》減邀撃《げんようげき》作戦」を根本的に見なおし、ハワイ占領を骨子とする新たな対米戦略をうち出した。

日露戦争当時の決戦思想から抜けきらない「漸減邀撃作戦」では対米戦に到底勝つことができない。とにかく〝ハワイを占領するのだ！〟という気概と覚悟をみなにもとめ、山口は強力なリーダーシップで「ハワイ攻略」の大方針を軍令部内でまずうち立てた。

当時、第一課長は海兵四一期卒業の草鹿龍之介大佐が務めており、山口と草鹿が中心となって検討をかさねた結果、ハワイを占領するには戦艦をいくら造ってもダメで、空母を主力とする大機動部隊を建設して〝ハワイ攻略の原動力にするしかない！〟との結論に達した。

それは大艦巨砲主義からの脱皮を意味し、帝国海軍の作戦中枢である軍令部が、巨大戦艦の建造計画をかなぐり捨て、航空主兵主義に大転換した瞬間であった。

マル四計画はすでに策定されていたが、軍艦の建造はまだ始まっておらず、ハワイ攻略の大方針にもとづいて、マル四計画が俄然、見なおされることになった。山口が第一部長に就任したのは昭和一三年一二月のことだったが、昭和一四年四月には海兵三九期卒業の山縣正郷少将が軍令部・第二部長に抜擢され、マル四計画の改定に乗り出したのだ。

山縣は、山口と同じく昭和一三年一一月付けで少将に昇進しており、それまでに航空本部の課長や空母「鳳翔」の艦長などを歴任していた。本来は水雷屋だが、昭和七年ごろに航空畑へ転身。山縣は、山口・第一部長の新たな対米戦略に従って大和型三、四番艦の建造計画を廃し、新たに「改マル四計画」を策定して大鳳《たいほうがた》型空母二隻、翔鶴型空母二隻の建造に改めたのだった。

そして「改マル四計画」で建造が決定した、これら四空母のうち、三隻が昭和一八年・夏までの竣工をめざしてすでに建造中であり、残る一隻も昭和一六年七月に起工される予定で、昭和一八年中の竣工をめざすことになっていた。

改マル四計画・主力艦建造／空母四隻

・大鳳型一番艦「大鳳」／横須賀《よこすか》・第六船渠
　起工／昭和一五年五月一日
　竣工／昭和一八年一月・予定
・大鳳型二番艦「魁鳳《かいほう》」／呉・建造船渠
　起工／昭和一五年一〇月一日
　竣工／昭和一八年六月・予定
・翔鶴型三番艦「雲鶴《うんかく》」／横須賀・第二船台
　起工／昭和一五年一〇月一〇日
　竣工／昭和一八年三月・予定
・翔鶴型四番艦「慶鶴《けいかく》」／神戸《こうべ》川崎《かわさき》・第四船台
　起工／昭和一六年七月・予定
　竣工／昭和一八年一一月・予定

大鳳型空母の工期は二年八ヵ月、翔鶴型空母の工期は二年四ヵ月と算定された。ただし横須賀工廠は大型空母を一挙に二隻も建造するため、翔鶴型三番艦の工期は一ヵ月ほど余裕を持たせて二年五ヵ月とされた。

マル三計画で建造中の空母「翔鶴」「瑞鶴」も合わせると、帝国海軍は昭和一八年中に六隻の大型空母を完成させることになる。そのことはむろん山本五十六も承知しており、翔鶴型四番艦が就役する昭和一八年暮れ（冬）ごろに、山口がハワイ攻略を念頭に置いているのだろう、ということは山本にも容易に察しが付いた。

真珠湾奇襲は、一度は大いに成功を期待できる取って置きの作戦で、それを開戦劈頭にやってしまうと、ハワイ占領時に同じ手はたしかに使えない。同様の奇襲作戦が二度も通用すると考えるのは、あまりにも米軍をバカにしすぎだし、過剰な期待といえる。

加えて、開戦劈頭に〝戦術的な勝機はあっても戦略的な勝機はない〟とする山口の指摘も、よくよく考えてみれば〝そのとおりにちがいない〟と山本も思えてきた。

だとすれば、開戦劈頭に真珠湾攻撃を強行するのは、私利私欲を〝捨てよ！〟というみずからの戒《いまし》めに反するような気がするし、戦略的な〝勝機が来るのを待つ忍耐〟にも欠けているといわざるをえない。

なによりこの男は、昭和一三年末に第一部長に就任した当時から、だれよりも深くハワイ占領のことを考えて、建艦計画を改めるなど、そのための準備を推し進めてきたのだ。

――緒戦に真珠湾攻撃を強行し、この男がせっかく練り上げた、ハワイ占領計画をぶち壊すわけにもいくまい！

そう思い至るや、山本五十六は潔くシャッポを脱いで、みずからの奇襲計画を惜しげもなくかなぐり捨てた。

「わかった。緒戦の真珠湾攻撃は止《や》めにする！」

これを聞き山口は俄然《がぜん》、胸をなでおろした。が山本は、決してただでは転ばない。

「しかしそうなると、先制パンチを喰らわすことができず、南方攻略中に米艦隊主力が動き出すと厄介なことになる！」

それはそのとおりで、山口はこくりとうなずいてみせた。すると山本は、あらためて山口の顔を見すえ、問いただした。

「わが機動部隊の主力はトラックなどで太平洋艦隊の来寇にそなえることになろうが、敵の動きをうまく封じられるかね？」

山本がそう訊くのは当然だった。南方作戦中に米艦隊から横やりを入れられると、じつに厄介なことになる。

これには山口も慎重に答えた。

「敵の動きに対処する自信はございますが、とくに米空母がどう出て来るか、そのときでないとわかりません。……臨機応変な対応が必要となるでしょう」

山本はこれに大きくうなずくと、山口のほうへすっかりボールを投げた。

「おれはそんな面倒は御免だ……。よほどのしっかり者でないと米艦隊の動きに対処できんだろうから、もはや戦《いくさ》が避けられないとなれば、米国に精通しており、しかも航空戦をしっかり切り盛りできるような〝女房〟に、あらためて来てもらう必要がある！」

ほかでもない山本は、当人を前にして連合艦隊参謀長への就任をほのめかしたのだが、自分のことだとは露《つゆ》も思わず、山口はこくりとうなずいたのだった。

2

六月にはドイツ軍が国境線を超えてソ連領内へ侵入し、「独ソ戦」が始まった。日本はヒトラーの暴走にすっかり翻弄《ほんろう》されることになる。

これでソ連が枢軸国側と決裂して連合国の一員となってしまい、ルーズベルト大統領はいよいよ参戦を決意した。

アンテナがサビきった日本の首脳は七月に南部仏印進駐を強行し、米国との対立がついに決定的となった。

ルーズベルト大統領はさらなる対日強硬策にうって出、石油を止められた日本は、武力に訴えて南進し、自力で蘭印の石油を取りに行くしか道がなくなった。

それでもすぐには戦争とならず、したたかなルーズベルトはその後、三ヵ月間にわたって日本をあやし続けた。九月には日本の首脳も米国政府が単に〝時間稼ぎをしているだけにすぎない〟ということに気が付いて、対米戦〝辞さず〟の決意を固めた。

同時に帝国海軍にも動きがあり、いよいよ本格的な戦時体制が敷かれることになった。

なかでもみなを大いに驚かせたのは、軍令部総長の永野《ながの》修身《おさみ》大将が、その女房役である軍令部次長に、海兵三九期卒業の伊藤整一《いとうせいいち》少将を抜擢したことだった。

軍令部次長は古参の中将が務めるものと相場が決まっており、少将の階級で次長に就任するなどだれも聞いたことがなかった。伊藤整一は一〇月一五日付けで中将に昇進するが、これに弱ったのが山本五十六だった。

伊藤少将は四月に連合艦隊参謀長に就任したばかりで、山本としてはそれを永野総長に無理やり引きはがされたような格好だ。当然ながら後任の参謀長を選ぶ必要に迫られたが、もはや背に腹は代えられない。

——こうなりゃもう、それこそ山口くんをもらうしかない！

抜群の将才を持つ山口多聞にはできれば空母部隊を指揮させておきたいところだが、幸か不幸か緒戦の真珠湾攻撃は取り止めになった。

ハワイを奇襲するにはどうしても〝山口多聞が必要だ！〟と山本は考えていたが、ハワイ作戦を止めたのだから、米艦隊の来襲にそなえてそれに対処することのほうが重要になってくる。それにはやはりしっかり者の女房が必要だ。

海軍省人事局は後任の連合艦隊参謀長に宇垣纏少将を推して来た。宇垣は大艦巨砲主義の権化で空母をいまだに補助兵力とみなしているが、厄介なのは鈍足の米戦艦ではなく米空母だ。戦艦を神格化している宇垣の決戦思想では、米空母の機動力に対処できるとはとても思えなかった。

そこで山本は、いよいよ九月一日付けで山口を参謀長に据えたが、そうなると、第二航空戦隊の司令官を新たに選ぶ必要がある。

むろん二航戦司令官は「飛龍」「蒼龍」の二空母を率いることになるが、ハワイ作戦が中止になったので、山本は従来の編制を見なおし、二航戦を一時解隊して南雲中将の指揮下へ編入した。

その上で、一航戦とのあいだで航空隊の統廃合をおこない、一〇月一五日付けで空母「加賀」と軽空母「瑞鳳」から成る新たな二航戦を設け、その司令官に海兵三九期卒の山縣正郷少将を抜擢したのだった。

同時に第一段作戦を見すえた作戦部隊「第一機動部隊」と「第二機動部隊」が編成されることになり、第一を南雲長官が直率して、山縣司令官を第二の指揮官とした。

いっぽう、山縣少将はこれまで航空本部・総務部長を務めていたので、後任の航本・総務部長に海兵四〇期卒の大西瀧治郎《おおにしたきじろう》が就任し、大西の後を受けて第一一航空艦隊参謀長には、独国出張から帰朝した海兵四一期卒の酒巻宗孝《さかまきむねたか》少将が就任したのであった。

第一航空艦隊　司令長官　南雲忠一中将
　同参謀長　草鹿龍之介少将
（昭和一六年一〇月一五日現在の編制）
・第一航空戦隊　司令官　南雲中将直率
　空母「赤城」「蒼龍」「飛龍」
・第二航空戦隊　司令官　山縣正郷少将
　空母「加賀」　軽空「瑞鳳」
・第三航空戦隊　司令官　桑原虎雄《くわばらとらお》少将
　軽空「鳳翔」
・第四航空戦隊　司令官　角田覚治少将
　軽空「龍驤」
・第五航空戦隊　司令官　原忠一少将
　空母「翔鶴」「瑞鶴」

翔鶴型空母の二番艦「瑞鶴」も九月二五日には竣工しており、周知のとおり一航戦の三空母と五航戦の二空母で「第一機動部隊」を編成し、二航戦の「加賀」「瑞鳳」と四航戦の「龍驤」で「第二機動部隊」が編成された。また、年明け一月二六日には軽空母「祥鳳」が改造工事を完了して、角田少将の四航戦へ編入されることになる。

いっぽう、第一、第二機動部隊に属さない三航戦は、第一艦隊の付属となり、軽空母「鳳翔」は事実上、練習空母となって、新規搭乗員の育成に従事していた。

九月一日付けで連合艦隊参謀長に就任した山口多聞少将は、「第一、第二機動部隊」の編成に深くかかわり、「加賀」を主力とする第二機動部隊で南方作戦を支援し、第一機動部隊の主力空母五隻で米艦隊の来襲にそなえるとした。

そして開戦後、「加賀」を南雲中将の主隊から分離したこの編成替えが、連合艦隊に思わぬ幸運をもたらした。

フィリピン方面で日本の主力空母〝数隻が行動している！〟とみたキンメル司令部は、中部太平洋で作戦可能な日本の空母は〝三隻ないし四隻だろう〟と判断してラバウル空襲に踏み切り、結果的に「レキシントン」「ヨークタウン」の二空母を失う、という惨敗を喫したのである。

第二章　ミッドウェイ惨敗

1

　第一段作戦はことのほか順調にすすみ、帝国陸海軍は昭和一七年三月いっぱいで南方資源地帯の確保に成功した。

　第一段作戦の総仕上げとして第二機動部隊は東インド洋へと踏み込み、掃討作戦を実施してアンダマン諸島の制圧にも成功した。作戦中、英艦隊の出現があるかと思われたが、イギリス東洋艦隊は温存策を採って兵力の消耗を避けた。


緒戦に戦艦「プリンスオブウェールズ」「レパルス」をあっさりと沈められた英海軍は、帝国海軍航空隊の恐ろしさを嫌というほど思い知らされており、反撃しようにも積極的な行動を執ることができなかったのだ。

　東インド洋およびマラッカ海峡はすっかり日本の支配下に入り、帝国陸海軍は最大の懸案事項であった石油をきっちり手に入れた。

　けれども、ようやく継戦体制がととのったにすぎず、本当の戦いはこれからだった。

　連合艦隊が第一段作戦中に挙げた最大の戦果はなんといっても米空母「レキシントン」「ヨークタウン」を撃沈し、「エンタープライズ」を大破したことだった。

　――敵太平洋艦隊はしばらくのあいだ、まともに作戦できまい……。

連合艦隊司令部のだれもがそう思ったが、だとすれば〝鬼の居ぬ間に洗濯〟とゆきたいところだが、問題は第二段作戦でいかなる作戦を実施するかであった。

残念ながらオアフ島攻略の準備はいまだできておらず、ハワイに眼を向けるのは時期尚早だ。そこで連合艦隊首席参謀の黒島亀人《くろしまかめと》大佐は、さらにインド洋へ踏み込み、セイロン島を空襲してはどうか、と提案したが、参謀長の山口少将はこれを即座に却下した。

「時間のムダだ！　インド洋掃討は潜水艦に任せるべきで、機動部隊を出してまでやるべき作戦ではない！」

「ならば、どこをやりますか？」

黒島が口をすぼめながらそう訊《き》き返すと、山口は当然と言わぬばかりに断言した。

「ポートモレスビーをやる！　軍令部が言う米豪遮断にはおれも反対だが、ここを反攻の拠点にされると、ニューギニア北岸沿いの進軍を敵にゆるす恐れがある。米空母が作戦可能となる前にポートモレスビーを機動部隊で叩き、占領してしまうのが上策だ！」

なるほどそのとおりだと思い、黒島もおとなしくうなずいたが、「赤城」は修理中だし、「加賀」もパラオで座礁事故を起こしていた。

作戦行動を執るのに支障はなく「加賀」は応急修理で三月いっぱいは戦闘を続けていたが、ここは一旦大事を取ってすっかり修理しておく必要があった。また、ラバウル沖の空母決戦で母艦航空隊は少なからず兵力を消耗しており、残る一航戦の「蒼龍」「飛龍」も、航空隊の立てなおしを図る必要があった。

幸い米空母の多くが作戦不能となっている。サンゴ海へ米空母が出て来る可能性はおそらくないとみて、五航戦「翔鶴」「瑞鶴」に「祥鳳」を加えて、四月中旬にポートモレスビー攻略作戦を実施することにした。

さしもの山口も、五航戦を出せば充分だろうと考えて、山本長官もこれにうなずいたが、そうは問屋が卸《おろ》さなかった。

宿敵・太平洋艦隊の司令長官はすでにチェスター・W・ニミッツに交代していた。ニミッツ大将はパールハーバー着任後、ただちに艦隊編成を見なおして、空母を主力とする部隊編成にすっかり切り替えていた。

しかも、情報参謀のエドウィン・T・レイトン大佐が、日本軍は「次にポートモレスビーを狙っているようです!」と告げると、ニミッツは「ホーネット」「ワスプ」を急いでパールハーバーへ回航し、三月二八日にはこれら二空母をサンゴ海へ向けて出港させていたのだった。

はたして四月一二日。ポートモレスビー攻略の任務を帯びた日本の三空母が、ソロモン海を突っ切ってサンゴ海へ進入してゆくと、そこではニミッツ大将の差し向けた二空母「ホーネット」「ワスプ」が抜けめなく待ち構えていた。

ここに開戦以来、二度目となる空母対空母の洋上決戦が生起して、連合艦隊は、初日にまず軽空母「祥鳳」を撃沈されてしまい、二日目の本格的な戦いでは、空母「翔鶴」も大破にちかい損傷を負わされてしまった。

むろんやられっ放しではなく、原少将の五航戦は「ワスプ」を大破し、「ホーネット」にも中破にちかい損害をあたえたが、またしてもおおかたの航空兵力を消耗してしまい、ポートモレスビーを占領するという目的を果たせず、同作戦は米軍にあえなく阻止されたのだった。

三発の一〇〇〇ポンド爆弾を喰らった空母「翔鶴」は復旧に三ヵ月ほど掛かると判定され、航空隊をいちじるしく消耗した五航戦は結局、六月に予定されていた「ミッドウェイ作戦」への参加が不可能となってしまう。

いっぽう米軍も、爆弾二発と魚雷二本を喰らった「ワスプ」は三ヵ月の戦線離脱を余儀なくされたが、ニミッツ大将は、至近弾数発と爆弾一発の命中で済んだ空母「ホーネット」の修理を迅速におこない、六月の「ミッドウェイ海戦」に「ホーネット」を間に合わせることになる。

こうして四月一二、一三日に生起した「サンゴ海海戦」は、日米両軍痛み分けのような結果に終わったが、問題は同海戦に対する帝国海軍将兵の評価であった。

今回、内地で高みの見物となった一、二航戦の搭乗員らは、米空母を〝二隻とも大破した〟とする五航戦搭乗員の報告を鵜《う》呑《の》みにして〝妾の子でも互角以上に戦えた！〟とまったくいい気なものだった。いざ一、二航戦が出てゆけば〝米空母など鎧袖一触《がいしゅういっしょく》だ！〟というのである。

しかし実際には、空母「ホーネット」は中破にちかい損害をこうむったのみで、一ヵ月ほどで修理を完了し、ミッドウェイ戦へ出撃して来ることになる。

五航戦搭乗員は、「ホーネット」周辺で林立した至近弾炸裂による水柱を、魚雷の命中と誤認したのだが、米空母二隻を大破したとする戦果報告は結局、修正されることがなかった。

そして、米空母二隻を大破したとすれば、今度こそ敵機動部隊は作戦不能となったはずであり、実施が一ヵ月後に迫った「ミッドウェイ作戦」に米空母は〝一隻も出て来ないだろう〟というのがおおかたの予想となってしまった。

いや、米海軍の兵力を過小評価したのは、なにも機動部隊将兵ばかりではなかった。

じつは、山本五十六や山口多聞でさえも、作戦可能な米空母は一隻か、多くても二隻だろう、とみており、この読みまちがいがミッドウェイ戦で大きな落とし穴となってしまう。

2

空母「赤城」の復旧は急がれて五月一八日には修理が完了した。

同じく二月の「ラバウル沖海戦」で爆弾一発を喰らった「飛龍」は三月中に修理を完了し、座礁事故を起こした「加賀」も四月一六日には修理を完了していた。

五月中旬には「ミッドウェイ作戦」に動員可能な主力空母が「赤城」「加賀」「飛龍」「蒼龍」の四隻となり、搭乗員および機材の補充も二〇日には完了した。

南雲中将は指揮下に「加賀」を加えて「第一機動部隊」を再編成し、一、二航戦を開戦前の従来どおりの編制にもどして「赤城」「加賀」を一航戦とし、「飛龍」「蒼龍」を二航戦とした。

二航戦司令官の山縣少将は五月一日付けで中将に昇進しており、第二機動部隊指揮官の任を解かれて旗艦を「加賀」から「飛龍」へ変更したのであった。

ちなみに、五月三日には空母「隼鷹《じゅんよう》」が竣工しており、四航戦司令官の角田少将が新たに第二機動部隊指揮官となって「龍驤」「隼鷹」を率い、アリューシャン方面へ出撃して、ダッチハーバーを空襲することになっていた。

現在作戦可能な米空母は〝多くても二隻〟と連合艦隊司令部は予想していたが、参謀長の山口少将は出撃前に機動部隊の旗艦「赤城」をわざわざ訪れて、南雲長官と草鹿参謀長にきっちりと釘《くぎ》を刺していた。

「おそらく『エンタープライズ』は修理を終えているはずです。『サラトガ』は沈んだという話もありますが、実際のところはわかりません。沈んでいなければ『サラトガ』も復旧している可能性があり、注意が必要です。とにかく二隻は出て来るものと考えて作戦すべきです！」

南雲と草鹿はこれにうなずいたが、味方はいまだ主力空母を一隻も失っておらず、このとき機動部隊将兵には敵を侮《あなど》る空気が蔓延《まんえん》していた。

サンゴ海でも五航戦が敵空母二隻を大破しており、そのうちの一隻は沈んだという報告すらあった。米空母はたとえ出撃可能でも〝怖《お》じ気《け》づいて出て来ないだろう〟という見方が機動部隊全体に広がっており、山口が注意したにもかかわらず南雲や草鹿はみなに小言を言う気がせず、結局、綱《こう》紀粛正《きしゅくせい》が図られぬまま南雲機動部隊は意気揚々と出撃して行った。

ところが、日本軍の暗号を解読していたニミッツ大将は、ミッドウェイ基地に可能なかぎりの陸海軍機をかき集め、「エンタープライズ」「サラトガ」だけでなく空母「ホーネット」の修理も完了して南雲部隊を待ち伏せしていたのだった。

ニミッツにとっての最大の問題は、空母の修理よりもむしろ母艦へ搭載する航空隊を確保できるかどうかにあった。

　空母「エンタープライズ」「サラトガ」は搭乗員の訓練度合いもまずまずでほぼ定数どおりの航空兵力を搭載できたが、「サンゴ海海戦」で航空隊を消耗した「ホーネット」は、パールハーバー帰投後一ヵ月足らずの準備期間では搭乗員を充分に確保することができず、五六機の艦載機を準備するのが精いっぱいだった。

　しかし、それでもニミッツは「ホーネット」に出撃を命じ、六月三日（現地時間）・午後には三空母をミッドウェイ島・北東の作戦待機位置へ首尾よく進出させていた。

　それはよかったが、三空母を出撃させる前にももうひとつ不測の事態が発生していた。

　ハルゼー中将は、「エンタープライズ」が修理中のため「ホーネット」に座乗して、サンゴ海にも出撃していたが、パールハーバーへ帰還したときに重い皮膚病を患《わずら》っており、ドクター・ストップでミッドウェイ戦の指揮を執れなくなってしまっていたのだ。

　ハルゼーの推挙によりレイモンド・A・スプルーアンス少将が急遽《きゅうきょ》、第一六任務部隊の指揮官となって出撃することになり、スプルーアンスは旗艦を「エンタープライズ」にもどし、緊急修理を終えた「ホーネット」を従えてパールハーバーから出撃して行った。

　かたや、第一一任務部隊指揮官のフレッチャー少将はサンゴ海には出撃しておらず、修理の成った「サラトガ」に座乗して、パールハーバーから出撃していたのである。

3

米空母三隻による待ち伏せは稀《まれ》にみるあざやかさで、奇襲となって成功した。

南雲にとっての最大の誤算は、薄明とともに索敵に出した重巡「筑摩」の水偵が、あろうことか雲上飛行をおこなったことだった。

索敵時は雲の下を飛んで洋上に眼を光らせるのが当たり前だが、雲の上を飛んだのでは米艦隊を発見できるはずもなかった。万死に値する失態だが、同機ばかりを責められない。南雲が索敵に割いた偵察機はわずか七機で、この少なさでは充分に周囲を捜索することができない。おざなりの索敵といわざるをえず、司令部の気の緩みが同機にも伝染したのだ。

しかも、七機のうちの一機は発進が大幅に後れてしまい、本気で捜索する気があるとは思えない体たらくぶりだった。発進が後れたのは重巡「利根」の水偵で予定より三〇分ほど後れてようやく発進して行った。

これほど杜撰《ずさん》な計画だから索敵はすっかり空振りに終わるかと思われたが、南雲はまだ完全には付きに見放されていなかった。

後れて発進した利根機が誤って北へ飛び過ぎたことで、雲から抜け出た米空母の一群と偶然にも出くわしたのだ。

同機からの第二報で敵艦隊には空母がふくまれているとわかり、南雲は驚きのあまり慌《あわ》てふためいたが、そのときにはもう、「赤城」以下空母四隻の艦上では、第二波攻撃隊が兵装転換を終えようとしていた。

本来、第二波攻撃隊は米空母の出現にそなえて敵艦攻撃用の兵装で待機させておくことになっていた。けれども、第一波攻撃隊のミッドウェイ基地に対する空襲が不満足な結果に終わり、南雲は第二波攻撃隊に基地攻撃用の兵装へ転換するよう命じた。ところが、後れて索敵に出た利根機が敵空母を発見したのだから、第二波攻撃隊の兵装を再度、基地攻撃用から艦船攻撃用へ転換する必要が生じてしまった。出て来るはずのない米空母が実際には出て来たのだ。

南雲がここで、さし迫る脅威から眼をそらさず基地攻撃用の兵装のままで第二波に発進を命じていたとしたら、米軍機動部隊とまだ互角に戦えていたかもしれない。が、正攻法にこだわった南雲司令部は兵装の再転換を命じてしまい、四空母の艦上はたちまち大混乱におちいった。

かたや、利根機に接触されたことを知ったフレッチャー、スプルーアンス両少将は麾下《きか》三空母を高速で南雲部隊へ近づけ、満を持して一五〇機に及ぶ攻撃機を発進させたのだった。

赤城司令部の命令に応じて第二波攻撃隊の艦攻は装備していた陸用爆弾を取り外して魚雷を再装備し、同じく艦爆は陸用爆弾から通常爆弾へ換装《かんそう》し始めたが、大混乱のなか兵装作業は遅々《ちち》として進まなかった。

ミッドウェイの敵飛行場から敵機が来襲し、それを迎撃するために零戦を舞い上げたり下ろしたりする必要がある。空母も投じられた敵弾をかわすたびに兵装作業を邪魔され、そこへ、輪を掛けたようにしてミッドウェイを空襲した第一波がもどって来る。それら帰投機も収容しなければならず、四空母の艦上は錯乱状態となった。

そしてついに、米空母から飛び立った艦載機が次々と来襲したが、「赤城」以下の四空母は零戦の援けも借りて、デヴァステイター雷撃機の投じた魚雷をすべてかわしてみせた。

南雲も零戦の強さに見惚《みと》れて、これは〝いけるぞ！〟と一度は胸をふくらませたが、零戦が低空へ舞い下りた一瞬の隙《すき》を突いてドーントレス爆撃機が一斉に急降下し、「赤城」「加賀」「蒼龍」が立て続けに被弾、またたく間に三空母の艦上が火の海と化したのである。

投じられた爆弾はその多くが威力に劣る五〇〇ポンド爆弾だった。あるいは南雲が基地攻撃用の兵装のまま第二波攻撃隊に発進を命じていたとしたら、被弾した三空母は致命傷をまぬがれていたかもしれない。が、南雲は幕僚の進言を鵜呑《うの》みにして兵装転換をやり続けてしまった。

そのため「赤城」「加賀」「蒼龍」の格納庫では第二波の攻撃機から取り外した爆弾などがそこら中に散乱していた。そこへドーントレスの投じた五〇〇ポンド爆弾が立て続けに命中したのだからたまらない。

攻撃機から取り外した、八〇〇キログラム爆弾や二五〇キログラム爆弾がいたるところで誘爆を起こし、まったく手の付けられない状態となってしまった。

火を消したのはよいが、あちらでも誘爆が起きて火災が発生し、それを消し止めると、またもやこちらで誘爆が起きる、といったイタチごっこが止めどなく続いた。

唯一、北へ離れて航行していた空母「飛龍」は爆撃をまぬがれたが、同艦の艦上からも三空母の惨状がありありとみて取れる。

二航戦の旗艦「飛龍」には山縣中将が座乗していた。

三空母の艦上から不吉な黒煙がいく筋も昇っている。沈没しそうな気配はなかったが、三隻とも大混乱となっているのにちがいなく、連絡が取れない。そのため「飛龍」からは詳しい状況がつかめなかった。

山縣は来襲した敵機の多さから〝敵空母は少なくとも二隻はいる！〟と思った。だとすれば、三空母が被弾するまでは味方が二倍の兵力を有していたことになる。

——出て来た米空母はおそらく「エンタープライズ」と「サラトガ」にちがいない！

山縣はそう直感したが、味方は三空母がやられてしまい、兵力が一気に逆転した。「飛龍」は俄《が》然《ぜん》劣勢に立たされてしまったのだ。

むろん実際には、「ホーネット」を入れて米空母は三隻だったが、山縣は、いまだその事実を知る由もなかった。

空母数は完全に逆転し、「飛龍」は二倍の敵を相手にしなければならない。状況を客観視すればもはや勝敗は決したにちがいないが、撤退すべきかどうか、山縣は大いに迷った。

だが、撤退するにしても、三空母を戦場へ置き去りにすることはできない。

幸い「飛龍」の艦上には、ただちに発進可能な零戦六機と艦爆一八機が在った。利根機の報告によると、敵艦隊との距離は一九〇海里程度とみられる。味方艦載機なら余裕でとどく距離だ。

それでも山縣は一瞬、攻撃を躊躇《ちゅうちょ》した。

だが、ついに攻撃を決意して、それら待機中の二四機に発進を命じた。

飛龍艦爆隊の練度はすこぶる高く二四機はわずか一〇分ほどで上空へ舞い上がった。しかし問題は、唯一戦闘可能な「飛龍」を敵方へ近づけるかどうかだった。

南雲長官は今、あきらかに指揮を執れる状態にない。山縣以外にほかに中将はおらず、みずからが指揮を継承して、すみやかに機動部隊の方針を決める必要がある。

熟慮の末に山縣は、三空母と〝離れるのはよくない！〟と考えた。詳しい状況は不明だが、三空母はまだ沈むと決まったわけではなく、「飛龍」の零戦で出来るかぎり護《まも》ってやる必要がある、との結論に達したのだ。

すると、駆逐艦「萩風《はぎかぜ》」からようやく連絡が入り、南雲中将はすでに「赤城」から退艦して、軽巡「長良《ながら》」へ移乗しつつあることがわかった。

さらに三空母の被害は見た目よりも深刻で、「加賀」「蒼龍」は機関が全滅、「赤城」も操舵不能におちいっていることが判明した。

三空母が被弾してからたっぷり一時間以上が経過し、南雲中将以下がようやく「長良」への移乗を終えて、機動部隊の指揮権を回復した。それはミッドウェイ現地時間で午前一一時三〇分ごろのことだった。

まったく長い一日だが、「飛龍」から一時間以上前に飛び立った攻撃隊がいよいよ突撃命令を発して、米空母に対する攻撃を開始した。それは午後零時一〇分のことで、かれらが襲い掛かったのはこの時点で最も西方に位置していた空母「サラトガ」だった。

山縣は受信機のスピーカーに全神経を集中して耳をそばだてる。

急降下を開始した艦爆から次々と勇ましい喊声《かんせい》が聞えて、敵空母の飛行甲板がまるで眼に見えるようだった。山縣はとっさに目をつむりいよいよ全神経を傾ける。すると、命中したにちがいない歓喜の声が耳に入り、山縣は胸元で拳《こぶし》をにぎりしめた。だが、雑音が多くて、本当のところはよくわからない。

やがて喧騒が止み、攻撃は一五分足らずで終了した。みなが胸の高鳴りを抑えながら辛抱強く待っている。すると、沈黙を破って突然スピーカーが鳴りひびき、爆弾〝三発命中！〟との報告電が入った。

その瞬間、「飛龍」の艦橋が歓声で一気に沸きかえり、山縣も喜色満面となって〝よし！〟と大きくうなずいた。が、報告を入れて来たのは、指揮官の小林道雄《こばやしみちお》大尉機ではなかった。

それは戦闘機隊を率いて出撃した重松康弘《しげまつやすひろ》大尉機からの報告だったが、攻撃隊は零戦三機と艦爆一三機を一挙に失ったことがわかり、損害機数のあまりの多さに山縣は、一転して暗澹《あんたん》たる表情を浮かべた。

それもそのはず。結局、小林機は還らず、突撃の直前に小林機が発した報告電により〝米空母は全部で三隻存在する！〟ということが判明したのである。

4

飛龍艦爆隊は〝三倍〟の敵空母戦闘機が待ち構えるなかを果敢に突撃し、見事、三発の爆弾を米空母に命中させて、その卓越した技量を遺憾《いかん》なく発揮してみせた。

一三機もの艦爆が未帰還となったのは、米空母がなるほど〝三隻もいる〟ということを反証しており、「飛龍」は事実上、わずか一隻で三倍の敵と戦っているのだった。

山縣は二の矢を継ぐためにミッドウェイ攻撃から帰投して来た艦攻に雷装を命じていた。が、敵空母が三隻だとすると、準備できる雷撃機の数があまりにも少なかった。

被弾した三空母の護りを重視して「飛龍」は敵方への接近を自重したため、敵空母群との距離がいまだ二〇〇海里ちかくも離れている。ミッドウェイ攻撃時に被弾した艦攻が多く、ガソリンタンクに孔を開けられた機がいくつか在《あ》り、二〇〇海里の距離を往復可能な艦攻は結局、八機しかなかった。タンクの孔を完全に塞《ふさ》ぐには優に半日ほど掛かるのだ。

零戦は今回も六機ほど準備できるが、艦攻より俊敏な艦爆でさえも一三機を失ったのだから、零戦六機と艦攻八機では攻撃兵力があまりにも少なすぎる。

そのため、山縣は攻撃を渋ったが、航空参謀の鈴木栄二郎《すずきえいじろう》中佐が力《りき》んで進言した。

「司令官！　友永《ともなが》（丈市《じょういち》）隊長がどうしても行かせてくれと申しております！　私からもお願いします。出撃させてやってください！」

第一波攻撃隊を率いてミッドウェイを空襲した友永丈市大尉は、基地への第二撃を要請したみずからの判断を悔いており、なんとしても米空母を撃沈して、その償《つぐな》いをしようとしていた。

友永機もタンクを撃ち抜かれて、応急修理後も二〇〇海里を往復するのは無理だったが、それでも友永は〝行かせてくれ！〟と言うのだ。

友永機を加えれば艦攻は九機となる。攻撃距離が二〇〇海里も在るのがじつに恨《うら》めしいが、二人の熱意にほだされて、ついに山縣も鈴木の進言にうなずいた。

友永機を加えて、零戦六機と艦攻九機が発進したのは午後一時三五分のことだった。

あるいは友永は、攻撃距離がもうすこし近ければ、巡航速度で飛ばずに進軍速度をもっと速めていたかもしれない。しかし二〇〇海里の距離を飛んで、洋上移動が可能な敵空母の上空へきっちりと列機を導くには、やはり巡航速度で飛んでゆくしかなかった。

米空母はすでに対空見張り用レーダーを装備している。「サラトガ」も例外ではなく、レーダーで友永隊の接近を探知した「サラトガ」は、残る二空母からも戦闘機の応援を受けていた。

小林隊の攻撃により「サラトガ」の速力は一時五ノットちかくまで低下していたが、迅速な復旧作業によって、同艦の速力は今や二一ノットまで回復していた。

しかも「サラトガ」は、西海岸の工廠で修理をおこなったついでに二〇・八センチ砲をすべて撤去して高角砲に換装しており、対空兵器がかなり強化されていた。

はたしてレーダーはやはり有効だった。午後三時過ぎに友永隊が空母「サラトガ」を発見したとき、フレッチャー部隊の上空ではすでに一四機のワイルドキャットが待ち構えていた。スプルーアンス少将の第一六任務部隊からも八機の戦闘機が応援に駆け付けていたのだ。

一四機もの敵戦闘機から迎撃されて、友永隊は非常な苦戦を強《し》いられた。

それでも友永機以下は全滅を賭《と》して突入し、零戦三機と艦攻六機を失いながらも、めざす「サラトガ」に魚雷一本を意地で命中させた。

ワイルドキャットを駆って友永隊を迎撃したジョン・S・サッチ少佐は、火だるまとなって鉄骨をむき出しにしながらも最期まであきらめずに魚雷の投下に成功した友永機の敢闘精神に、感銘を受け、心から敬意を表した。

左舷に魚雷一本を喰らった「サラトガ」は行き足がいよいよおとろえたが、同型艦「レキシントン」が沈没したときの教訓が活かされ、致命傷を受けずにこの防空戦を乗り切った。

艦長デヴィッド・C・ラムゼー大佐の迅速な処置が功を奏し、やがて九ノットでの航行が可能となった「サラトガ」は残る二空母と別れ、ひと足先にパールハーバーへ引き揚げたのである。

いっぽう、「サラトガ」から発進した索敵隊のドーントレスが、午後三時には再び空母「飛龍」を発見していた。

空襲をまぬがれたスプルーアンス少将は攻撃を急ぎ、午後三時四五分に「エンタープライズ」からドーントレス二四機、続いて午後四時過ぎには空母「ホーネット」からもドーントレス一五機を出撃させた。

対する「飛龍」は、損害機数があまりにも多いため、さらなる攻撃を断念。山縣中将は南雲長官の同意を得た上で、「飛龍」を北西へ退避させようとしていた。

しかし、友永隊の残存機を収容したために退避が後れてしまい、「飛龍」は午後五時一五分ごろにエンタープライズ隊のドーントレスから、ついに空襲を受けた。

このとき「飛龍」は一五機ほどの零戦に護られていたが、レーダーを持たない憾《うら》みで、雲を巧みに利用して近づいて来たドーントレスにまったく気づかず、空の異変に気が付いたときにはもはや手後れだった。

零戦はしゃかりきとなって追撃したが有効な攻撃を実施できず、群がるドーントレスから急襲を受けた「飛龍」はほとんど不意を突かれ、前部エレベーターの後方・艦橋近くに四発の爆弾を立て続けに喰らった。

——や、やられたっ！

すさまじい振動が連続で艦橋を揺るがし、山縣はまったく生きた心地がしなかった。艦はそれでもかなりの速力で疾走していたが、機関室と艦橋の連絡が途絶えてしまい、「飛龍」もまた、操舵不能におちいったのだった。

結局、「加賀」と「蒼龍」はその日のうちに沈没し、「赤城」と「飛龍」も復旧の見込み〝なし〟と判断されて、翌日、味方駆逐艦の魚雷によって自沈処理されることになる。戦場が日本の支配地域から遠く離れており、「赤城」「飛龍」を曳航《えいこう》しようにも米軍艦載機から再び空襲を受けるのが目に見えていた。

いっぽう、大破したと思われる米空母にとどめを刺すため、連合艦隊司令部は「伊一六八」潜水艦を戦場へ急がせたが、もはや敵空母のすがたはそこになく、「サラトガ」は大きく傷付きながらもパールハーバーへ生還したのであった。

一九四二年六月五日に生起した「ミッドウェイ海戦」の結果、帝国海軍は虎の子の主力空母「赤城」「加賀」「飛龍」「蒼龍」を一挙に喪失して、歴史的大敗北を喫した。

南雲中将やその幕僚は内地へ生還するが、山縣中将は二航戦〝全滅！〟の責任を取って、艦長の加来止男《かくとめお》大佐と最期まで艦橋に居残り、「飛龍」と運命をともにしたのである。

生還の見込みがない攻撃に友永機を送り出した山縣は、自分だけが内地へおめおめと生きて還る気がどうしてもしなかった。

第三章　サラトガ対大鳳

1

ミッドウェイでの敗戦により、山口多聞の対米戦略は一旦、見なおしを余儀なくされた。

昭和一八年（一九四三年）に入ると、米海軍が続々と大型空母を竣工させて来る、ということはわかっていた。エセックス級空母である。

それら米空母が戦力化される昭和一八年春までに、ハワイ攻略の好機が〝一度は訪れるかもしれない〟と山口や山本五十六は考えていた。

二月の「ラバウル沖海戦」で幸先よく、二隻の米空母「レキシントン」「ヨークタウン」を沈めることができたからであった。

そこで〝今が潮時〟と、第一段作戦が終了した時点で陸軍側にハワイ攻略の相談を持ち掛けたところ、参謀本部も〝将来的にはやってもよい〟との意向を示し、五月二二日には大本営が第二師団と第七師団に対して、オアフ島上陸訓練の実施を命じていた。

周知のとおり、昭和一五年五月に起工した装甲空母「大鳳」は昭和一八年一月には竣工する予定となっていた。同年二月には「大鳳」が作戦可能となるため、南雲部隊がこのまま順調に勝ち続けて、米空母をさらに減殺することができれば、「大鳳」を加えた空母九隻で〝ハワイを攻略できるかもしれない〟と山口は考えていたのだ。

機動部隊編制／昭和一八年二月時点の構想

・第一航空戦隊「大鳳」「翔鶴」「瑞鶴」
・第二航空戦隊「赤城」「飛龍」「蒼龍」
・第三航空戦隊「加賀」「飛鷹」「隼鷹」

飛鷹型空母は準一線級だが、二五・五ノットの速力を発揮できるので充分、艦隊作戦に動員することができる。

対して米海軍は、新造空母をパナマ運河経由でハワイへ回航する必要があるので、昭和一八年二月に太平洋戦域で作戦可能なエセックス級空母はせいぜい一隻だろうと考えられた。

米海軍は昭和一六年末の開戦時に七隻の空母を保有していたが、大西洋配備の空母をゼロにするということは考えにくい。とくに旧式で防御力に難のある「レンジャー」が太平洋へ回航されて来ることはまずない。搭乗員訓練用として大西洋に残しておく必要もあった。

そこで昭和一七年中に米空母をあと二隻も沈めておくことができれば、昭和一八年二月の時点で作戦可能なアメリカ太平洋艦隊の空母は、エセックス級空母を加えても三隻しかない、と計算することができた。

つまり、二月に撃沈済みの「レキシントン」「ヨークタウン」に加えて、昭和一七年中にたとえばヨークタウン級空母二隻をさらに沈めることができれば、残る太平洋艦隊の空母はワスプ級とサラトガ級の二隻となる。そこへエセックス級一隻が加わったとしても、米空母は全部で三隻にしかならず、空母九隻を擁する連合艦隊は三倍の兵力でハワイ攻略作戦を実施できる。

攻者〝三倍〟の原則に則《のっと》って昭和一八年二月の時点で空母九隻をそろえることができれば、ハワイ攻略もいよいよ現実味を帯びて来る、と考えられたのであった。

ところが、先の「ミッドウェイ海戦」で大敗北を喫してしまい、年内に米空母二隻をさらに沈めるどころか、味方のほうこそが主力空母を一挙に四隻も失ってしまった。しかも、せっかく大破したサラトガ級空母にもとどめを刺すことができずあえなく取り逃し、米空母を一隻も沈めることができなかった。

これで昭和一八年二月のハワイ作戦はすっかり絵に描いた餅《もち》となり、連合艦隊ではきのうまでの強がりがウソのように、みなが意気消沈となっていた。

山本も例外ではない。

「……（四隻ともやられるとは）これで元の木阿《もくあ》弥《み》だ。（改マル四計画で）建造中の四空母がすべて出そろうまで、ハワイはお預けだな……」

山本が口にした四空母とは、くどいようだが空母「大鳳」「魁鳳」「雲鶴」「慶鶴」のことで、現在建造中のこれら空母が四隻とも出そろうのは昭和一八年一一月ごろのことだった。

「……それにしても、大和型三、四番艦を、よく建造中止にしておいたものだ」

山本がため息まじりにそう言及すると、山口もこくりとうなずいたが、それもそのはず。マル四計画で建造中の空母がもし、「大鳳」一隻しかなかったとすれば、ハワイ攻略などはもはや夢物語にちがいなく、ミッドウェイで四空母を失った今となっては、日本の敗戦がほぼ決まったようなものだった。

その場合、開戦から二年ほどで完成する日本の空母は「大鳳」のみだが、エセックス級米空母は一〇隻ちかく続々と竣工して来るのだ。だとすると、もはや勝ち目はなかった。

「改マル四計画」で空母四隻を建造していなければ日本の戦略は早くも瓦解《がかい》していたにちがいないが、四空母の喪失よりも、じつは山口には、山縣中将が「飛龍」に殉じて還らぬ人となったことが最もこたえていた。

開戦前にもし連合艦隊参謀長に就任していなければ、みずからが「飛龍」「蒼龍」を率いて出撃していたはずであり、山口には〝山縣さんはおれの身代わりとなって死んだのだ！〟と、そう思えてしかたがなかった。

――連合艦隊にもむろん責任はある！　だが最も罪深いのは、機動部隊司令部だ……。

――山縣さんが死ぬことはなかった！　それに引きかえ、（南雲、草鹿が）おめおめ引き揚げて来るとは、なんたる恥知らず！

山口は出撃前に、決して油断せぬよう釘《くぎ》を刺しておいただけに、南雲と草鹿のことがどうしてもゆるせなかった。

山口は、南雲を代えるよう進言した。しかし山本は、南雲に対して名誉挽回の機会をあたえると約束し、大臣の嶋田《しまだ》繁太郎《しげたろう》大将もその責任を問うようなことはなかった。

ハズバンド・E・キンメルの更迭《こうてつ》を即座に決めた米軍とは大ちがいで、海軍に限らず日本の組織というのはいつも、みずからの手で膿《うみ》を出し切ることができないのだ。

――米軍は二隻の喪失で組織改革を断行し、こちらは四隻でもそれが出来ないのかっ！

山本長官でさえ南雲をかばうのだから、山口は内心あきれ、責任の所在をあやふやにするのは日本人最大の欠点で、この国に〝はびこる病魔ではないかっ!?〟とすら思った。

特別なことをせずとも機動部隊司令部が普通に作戦しておりさえすれば、悪くても、引き分けに持ち込めたはずだった。

杜撰《ずさん》きわまりない索敵をやって敵に奇襲をゆるし、神業《かみわざ》にちかい技量を持つ搭乗員を〝ほとんど出撃させせぬまま〟やられたのだから、刀を抜かずに斬られたのに等しい。刀を抜きさえすればいかなる強敵とも互角以上に戦える搭乗員だ。伝家の宝刀を抜かずに負けたのは、ひとえに機動部隊司令部の指揮のマズさに原因があり、南雲や草鹿の命では償《つぐな》いきれないほどの大罪を、赤城司令部は犯したといってよい。

——索敵機はわずか七機。一機は発進が三〇分も後れ、もう一機は雲上飛行をやっただと!? まったく米軍をなめるにもほどがある！ これじゃ戦場へ向かうという緊張感など、かけらもないじゃないかっ！

幕僚の驕《おご》りと慢心がみなに伝染したのだろうがそれを戒めるのが司令長官、参謀長たる者の務めだ。山口は、やるべきことをやらずに多くの者を死地へ追いやった南雲と草鹿を到底、ゆるす気になれなかった。

連合艦隊司令部にも責任はある。事の重大さを知らしめるために山口は、おれが〝切腹してやろうか！〟と頭では考えてみたものの、GF参謀長が腹を切るのはどう考えてみてもお門違いで、どうしてもその気になれなかった。

——とにかく機動部隊の立て直しが急務だ……。

山本長官が〝南雲を代えない！〟と決めたのだから、山口は努めて前を向こうとしたが、こうむった損害が大きすぎて、機動部隊を再建するには優に三ヵ月ほど掛かりそうだった。

そして米軍は、到底三ヵ月も待ってはくれなかった。八月七日。アメリカ第一海兵師団がガダルカナル島に上陸して来たのである。

2

開戦以来ルーズベルト大統領は一貫してオーストラリアとの連絡線を維持するようアメリカ陸海軍にもとめていた。そうした状況下で連合艦隊がガダルカナル島（以下ガ島）に飛行場を建設。そのことが五ヵ月ちかくにわたって繰り広げられるガ島消耗戦の発端となった。

開戦から九ヵ月ほど経過してアメリカ陸海軍の反攻準備がようやくととのった。大統領のもとめに応じて、反攻の手始めに陸海軍がガ島を選んだのは当然のことだった。

ガ島の日本軍飛行場が完成してしまうと、先にソロモン諸島に楔《くさび》を打ち込まれて日本軍航空兵力がサンゴ海にまで及び、いよいよオーストラリア方面への兵力移動があやしくなる。

ニミッツ大将の太平洋艦隊はガ島上陸を支援するために、まず空母「エンタープライズ」「ホーネット」「ワスプ」の三隻をエスピリトゥ・サント島基地へ派遣し、八月下旬にはそこへ空母「サラトガ」も加わった。

四月にサンゴ海で大破した「ワスプ」は三ヵ月で修理を完了し、ミッドウェイ沖で大破した「サラトガ」も二ヵ月ほどで修理を完了した。

対する連合艦隊は、空母「翔鶴」の修理を七月中に終えていたが、ミッドウェイ戦で優秀な搭乗員の半数ちかくを失ってしまい、航空隊の再建が思うように捗《はかど》らなかった。

それでも空母は七月三一日に「飛鷹」が竣工して、連合艦隊は第一航空艦隊を解隊し、八月一日付けで、空母を主力とする「第三艦隊」を改めて編制した。

第三艦隊　司令長官　南雲忠一中将
　　　　　同参謀長　草鹿龍之介少将
・第一航空戦隊　司令官　南雲中将直率
　空母「翔鶴」「瑞鶴」　軽空「瑞鳳」
・第二航空戦隊　司令官　角田覚治少将
　空母「隼鷹」「飛鷹」　軽空「龍驤」

従来の一、二航戦が壊滅して、制式空母は「翔鶴」「瑞鶴」の二隻のみとなっている。まったく寂しいかぎりだが、それでも飛鷹型空母二隻が加わり、空母は〝六隻〟と頭数だけはそろえることができた。

しかし、航空隊の訓練はいまだ道半ばで、八月中旬の時点で出撃可能となったのは新・一航戦の空母三隻のみだった。しかも、軽空母「瑞鳳」は定期点検を終えたばかりで、航空隊の練度も充分でなかった。

幸い軽空母「龍驤」は航空隊の練度もまずまずで、出撃可能な状態にある。そこで、連合艦隊は急場しのぎで軽空母「瑞鳳」と「龍驤」を入れかえて、実際には「翔鶴」「瑞鶴」「龍驤」の三空母で一航戦を編成し、ガ島救援に差し向けることになった。

また、修理を機に「翔鶴」がはじめてレーダーを装備したが、ガ島飛行場を米軍にやすやすと奪われ、飛行場奪還が焦眉《しょうび》の急《きゅう》となっている。これを奪い返すには制空権の確保が必要で、一航戦の三空母がとりあえず出撃した。

かたや、「隼鷹」「飛鷹」「瑞鳳」の三空母は内地に居残り、航空隊の訓練を続けることになったのである。

はたして一航戦がガ島北方海域へ進出してゆくと、そこでは空母「サラトガ」と「エンタープライズ」が待ち構えていた。

空母「ホーネット」はレーダーの換装《かんそう》工事を受けるため一時ハワイへ帰投しており、空母「ワスプ」も重油不足のため補給が必要でサンゴ海を南下中だった。そのため「ホーネット」「ワスプ」は参戦できなかった。

八月二四日。開戦以来、四度目の空母対決となる「第二次ソロモン海戦」が生起した。

空母数は三対二と帝国海軍は兵力で上まわっていたが、戦いの結果は芳《かんば》しくなかった。

南雲は、「龍驤」を主隊から六〇海里ほど先行させて、同艦の艦載機でガ島を空襲した。そのおかげで「翔鶴」「瑞鶴」は発見をまぬがれたが、不幸な「龍驤」は、米軍艦載機から集中攻撃を受けて沈没してしまう。

南雲はあきらかに「龍驤」をおとりとしたのだが、それなら「エンタープライズ」「サラトガ」のどちらかを撃沈、もしくは大破しておいてしかるべきだった。そのために「龍驤」をおとりとしたはずだが、結果は「エンタープライズ」を中破したにとどまり、「第二次ソロモン海戦」は日本側の敗北に終わった。

当然ながら沈没してしまった「龍驤」は再び戦場に立てないが、爆弾三発を喰らった「エンタープライズ」は二ヵ月足らずで修理を完了し、再び戦場へもどって来る。

帝国陸海軍はガ島飛行場を奪還することもできず戦略、戦術両面において敗北したといわざるをえないが、米側には思わぬ伏兵がいた。

日本の潜水艦である。

八月三一日には南雲の失態をくつがえすようにして「伊二六」潜が魚雷一本を命中させて「サラトガ」を大破し、九月一五日には「伊一九」潜が魚雷三本を命中させて「ワスプ」を見事撃沈してみせた。日本軍潜水艦による相次ぐ被害で米軍は稼働空母が「ホーネット」わずか一隻となり、いわゆる〝九月の危機〟と警鐘《けいしょう》を鳴らすべき事態におちいった。

空母「エンタープライズ」はいまだ修理中であり、被雷大破した「サラトガ」がサンゴ海へ復帰するのも一二月はじめのことになる。

とくに「ワスプ」を撃沈したことは連合艦隊にとって「ラバウル沖海戦」以来、半年ぶりの戦果となり、南雲の失態をおよそ帳消しにしたようなかっこうとなった。

いっぽう内地では、二航戦航空隊の訓練がようやく成って、一〇月初旬には「飛鷹」「隼鷹」「瑞鳳」がいよいよトラックに到着した。

これら三空母を加えて第三艦隊は本来の編制にもどり、南雲が直率する一航戦は空母「翔鶴」「瑞鶴」「瑞鳳」の三隻、角田少将の二航戦は空母「飛鷹」「隼鷹」の二隻となった。

航空隊の練度もまずまずで、機動部隊は自信を持って戦える状態にある。

宿敵・米空母も作戦可能なものは一隻か、二隻しかないため、帝国陸海軍はここで本腰を入れてガ島の奪還へ乗り出すことにした。

師団単位の兵力を動員して一気にガ島飛行場を奪い返そうというのだ。

ところが米軍もさるもの、ニミッツ大将は修理をことのほか急いで「エンタープライズ」を一〇月一六日にパールハーバーから出港させると、ロバート・L・ゴームリー中将を戦意不足とみなして更迭し、新たな南太平洋艦隊司令官にハルゼー中将を起用した。

いまなお南雲の更迭に踏み切れない帝国海軍とまったく大ちがいであった。

はたして、「エンタープライズ」は一〇月二三日にサンゴ海で首尾よく「ホーネット」との合同を果たし、決戦場へと向かった。

対する連合艦隊もトラックから満を持して空母五隻を出撃させたが、決戦直前に思わぬかたちで足を掬《すく》われた。

機関に故障が発生し「飛鷹」がガ島近海からの離脱を余儀なくされたのだ。角田少将はやむなく旗艦を変更して「隼鷹」に将旗を掲げた。

それでも空母数は四対二と帝国海軍が米海軍を圧倒しており、一〇月二六日、ガ島北東洋上でついに五度目の空母決戦となる「南太平洋海戦」が生起した。

先手を取ったのは米軍だった。索敵爆撃隊のドーントレス二機が「瑞鳳」に襲い掛かり、五〇〇ポンド爆弾一発を命中させて同艦を中破した。「瑞鳳」はたちまち着艦不能におちいったが、すでに攻撃隊を発進させていたことが幸いして致命傷をまぬがれた。

それと相前後して、日米の主力空母二隻ずつはほぼ同時に攻撃隊を発進させており、数次にわたる攻撃を加えて南雲は、旗艦「翔鶴」を大破されながらも「ホーネット」を大破して、「エンタープライズ」にも中破の損害をあたえた。

しかし決め手を欠き、戦いの中盤から攻撃に加わった「隼鷹」の助太刀《すけだち》を得て「ホーネット」をようやく撃沈したが、「エンタープライズ」のほうはまたしても取り逃した。

圧巻はなんといっても「隼鷹」の活躍ぶりだった。当初、基地攻撃を命じられていた「隼鷹」はガ島近くで作戦していたが、二五・五ノットの最大速度で急行し、決戦場へ馳せ参じた。直前に同型艦「飛鷹」が機関の故障で離脱していただけに並みの指揮官なら機関の不具合を心配して、全速航行を躊躇《ちゅうちょ》していたかもしれない。

実際、二四ノットを超えると「隼鷹」の機関は悲鳴を上げていたが、角田少将は幕僚らに有無を言わせず突進を命じ、全力航行を続けたのだ。

それが功を奏して「隼鷹」の助太刀が見事に間に合い、爆弾三発を喰らった南雲の「翔鶴」をしりめに、「瑞鶴」「隼鷹」の二隻で徹底的な追撃をおこない、半身不随となっていた米空母「ホーネット」にとどめを刺すことができた。

おそらく「隼鷹」の加勢がなければ「ホーネット」を取り逃していたにちがいなく、南雲は角田司令官の助太刀により、ようやくミッドウェイの仇討《あだう》ちを果たしたのであった。

空母決戦で八ヵ月ぶりに米空母を撃沈し、帝国海軍は戦術的な勝利をおさめた。しかし、陸軍はまたもやガ島飛行場の奪還に失敗し、戦略的には日本の敗北に終わった。

連合艦隊首席参謀の黒島大佐は戦艦「比叡」「霧島」をガ島・ルンガ沖へ突入させて飛行場を砲撃し、陸軍の再起に望みを託そうとしたが、参謀長の山口中将は即座にこれを却下した。

「戦艦『金剛《こんごう》』『榛名《はるな》』による一度目の飛行場砲撃はたしかに成功した。気持ちはわかるが、島上の戦いはもはや大勢が決した！　二匹目のどじょうはおらんよ」

山口多聞はこの日・一一月一日付けで中将に昇進していた。山口が山本長官にガ島から手を引くよう進言すると、山本はそっと目を瞑《つむ》り、静かにうなずいた。連合艦隊ばかりではない。

参謀本部や軍令部もガ島奪還はもはや〝不可能である〟とうすうす気づいており、年内に撤退を決めて、昭和一八年二月七日、日本軍は同島からすっかり撤退したのである。

3

ミッドウェイ戦に続くガ島戦の敗退で、戦争は米軍にすっかり主導権を握られてしまった。

しかし山口多聞は、ハワイ攻略をまったくあきらめていなかった。

問題は空母だが、およそ半年に及ぶガ島をめぐる戦いで、連合艦隊は、軽空母「龍驤」を失いながらも、二隻の米空母「ワスプ」「ホーネット」を撃沈した。

むろん「ミッドウェイ海戦」で失った四空母の穴埋めは出来ないが、これで連合艦隊も開戦以来四隻の米空母「レキシントン」「ヨークタウン」「ワスプ」「ホーネット」を沈めていた。

新造艦を除けば、残る米空母は三隻だ。

空母「サラトガ」「エンタープライズ」「レンジャー」の三隻だが、「レンジャー」が太平洋へ出て来ることはまずないと考えられるので、残る太平洋艦隊の空母は二隻だ。

とはいえ、米海軍は今後、エセックス級空母を続々と竣工させて来る。交換船で帰朝した実松《さねまつ》譲《ゆずる》中佐によれば、米海軍は一九四三（昭和一八）年末までに少なくとも七隻のエセックス級空母を完成させて、さらに軽巡の一部を軽空母に改造して来る、ということがわかっていた。

実松中佐は海兵五一期の卒業、昭和一七年八月二〇日に交換船で帰朝し、九月から軍令部・第三部第五課で勤務し「米国班長」を務めていた。

年内にエセックス級が七隻も完成するとなるともはやお手上げだが、「改マル四計画」でこちらも空母四隻を建造中なので絶望的でもない。

現に、一月二〇日には予定どおり大鳳型装甲空母の一番艦「大鳳」が竣工しており、三月初旬には翔鶴型空母の三番艦「雲鶴」も竣工する予定となっている。

しかも実松によれば、米空母は通常二ヵ月ほど掛けて習熟訓練をおこない、それからパナマ運河を経由して太平洋へ回航されて来るというのだから、エセックス級空母が本格的に太平洋で活動を開始するのは、昭和一八年の〝夏以降になる〟と考えてよさそうだった。

問題は海軍がここでどういう作戦を採るべきかだが、ガ島が失陥して「米豪遮断作戦」は事実上不可能となり、それを推奨していた軍令部・第一部長の福留《ふくとめ》中将が退任して、二月二五日付けで新たな第一部長に海兵四三期卒業の上阪《こうさか》香苗《かなえ》少将が就任していた。

ちなみに福留繁《しげる》は前年一一月、山口などと同時に中将へ昇進しており、今回、第二六航空戦隊の司令官に就任していた。

福留とちがい上阪香苗には「米豪遮断作戦」を続けるという考えはなく、その点、山口の方針と合致していた。

ソロモン方面ではブーゲンヴィル島の飛行場や航空兵力を強化して、専守防衛に努めようというのであった。ただし、ニューギニア方面は陸軍の管轄で、そちらでどういう方針を採るかが問題となった。

参謀本部はポートモレスビー攻略の方針をいまだ堅持しており、そうなると、海軍も素知らぬ顔はできず、ラバウル航空隊が陸軍の作戦に足を引っ張られることになる。が、海軍としては、これ以上の消耗は避けたいところであった。

ガ島戦で大量の輸送船や駆逐艦を消耗していただけに、これ以上の消耗を強いられると、将来のハワイ攻略があやしくなって来る。

参謀本部はニューギニアのラエ、サラモア地区に三個師団を上陸させて、一月二〇日に陥落していたブナ基地をまず奪還し、ブナを策源地として最終的にはポートモレスビーを攻略しようと計画していたが、三個師団もの兵力を上陸させるには当然、大量の輸送船が必要になるし、海軍の協力も必要だった。

じつに威勢のよい計画だが、ガ島戦で勝利した米軍はポートモレスビーやガ島の基地航空兵力を急速に増強しつつある。問題となるのはやはり制空権の確保で、連合艦隊の敵情分析によると、ラエ、サラモアへの上陸は参謀本部が考えるほどに簡単ではなかった。

二月末の時点で連合艦隊司令部には「ガ島配備の米軍機は一五〇機をかぞえ、ポートモレスビーには二〇〇機余りの米軍機が配備されている」との報告がなされていた。

これに対してラバウルおよびその周辺基地には二〇〇機ほどの陸海軍機が配備されているが、海軍はガ島、ソロモン方面にも眼を光らせておく必要があるので、ニューギニア戦線ばかりに兵力を集中できない。

そこで、上阪第一部長が中心となって、ねばり強く参謀本部を説得したところ、陸軍も安全策を採って、より西方に位置するウェワク地区へまず四月中に二個師団を上陸させて、海軍・機動部隊の支援の下、五月中旬にラエ、サラモア地区へ残る一個師団を上陸させる、ということで話が落ち着いた。

ウェワクに上陸した二個師団をニューギニア島北岸沿いに陸路・東進させて、五月中旬までにラエ、サラモア地区へ三個師団を集結させよう、というのであった。

早急なポートモレスビー攻略はむつかしくなるが、五月まで待てば、海軍が〝機動部隊を出してくれる〟というのだから、参謀本部としてもよい話にちがいなかった。

なぜ五月か、といえば、そのころには翔鶴型三番艦の空母「雲鶴」が作戦可能となっているはずだし、前年一〇月の「南太平洋海戦」で消耗した母艦航空隊も所要の訓練を終えて第一線で戦えるようになるからであった。

陸海軍の話し合いがこうして穏便にまとまったのは、上阪少将の温厚かつ公明正大な性格に負うところが大きかった。

「上阪くんが、陸軍をうまく説き伏せてくれました。これでムダな消耗を避けられ、ハワイ攻略の望みが首の皮一枚でつながりました」

山口がそう報告すると、山本はちいさく何度もうなずいてみせた。

4

昭和一八年五月はじめの時点で、連合艦隊は作戦可能な艦隊型空母の数でアメリカ太平洋艦隊を圧倒していた。

第一機動艦隊　司令長官　小沢《おざわ》治三郎《じさぶろう》中将
（トラック）　同参謀長　山田《やまだ》定義《さだよし》少将
・第一航空戦隊　司令官　小沢中将直率
　装空「大鳳」　空母「翔鶴」「瑞鶴」
・第二航空戦隊　司令官　角田覚治中将
　空母「雲鶴」　軽空「龍鳳」「瑞鳳」

前年一一月一一日付けで小沢治三郎中将が第三艦隊司令長官に親補されており、この四月一五日付けで小沢中将の第三艦隊は「第一機動艦隊」と改称された。

三月五日に竣工した空母「雲鶴」が習熟訓練を終えて四月一五日に連合艦隊へ引き渡され、第二航空戦隊の旗艦となって、それを機に第三艦隊の名称を「第一機動艦隊」と改めたのだった。

空母「飛鷹」「隼鷹」は、新生・第一機動艦隊の編制から外されている。連合艦隊は「飛鷹」の機関故障を契機にして、両空母の主機を、出力一〇万四〇〇〇馬力を発揮できる、艦本式タービンへ換装することにした。

そのため「飛鷹」「隼鷹」は一時、機動艦隊の編制から外れて連合艦隊の付属となっている。主機の換装を言い出したのは連合艦隊参謀長の山口中将で、陽炎《かげろう》型《がた》駆逐艦二隻分の主機へ換装することにより、両空母は、二九ノット以上の最大速力を発揮できる予定となっていた。

改飛鷹型空母（マル追計画）二隻
基準排水量／二万四五〇〇トン
全長／二一九・三二メートル
全幅／三五・二〇メートル
飛行甲板・全長／二一〇・三メートル
飛行甲板・全幅／二七・三メートル
機関出力／一〇万四〇〇〇馬力
最大速力／二九・六ノット
航続距離／一八ノットで一万海里
武装①／一二・七センチ連装高角砲×六基
武装②／二五ミリ機銃四八挺
搭載機数／約六〇機
〔同型艦〕「飛鷹」「隼鷹」

主機の換装と同時にレーダーの設置や機銃の増設をおこない、「飛鷹」は呉工廠で七月中旬に改装工事を完了し、「隼鷹」も佐世保《させぼ》工廠で八月中旬に工事を完了する予定となっていた。

本来理想とされる編制から「飛鷹」「隼鷹」を欠いてはいたが、小沢・第一機動艦隊の航空兵力は五月一日の時点で、零戦二二型一五三機、二式雷爆撃機一八〇機、二式艦偵一五機の計三四八機に達していた。

特筆すべきは前年一二月に制式採用となっていた「二式艦上雷爆撃機」である。

山口多聞が軍令部・第一部長を務めていた昭和一四年当時のことだが、ハワイ攻略を対米戦略の骨子に据えた山口は、航空本部と話し合うなかで艦上〝雷爆撃機〟の開発を思い立った。

ハワイ・オアフ島を占領するとなると、味方機動部隊は当然オアフ島航空隊と米軍機動部隊の両方を相手にして戦う場面があると予想される。その場合、とくに艦攻は、基地攻撃時には爆装、敵艦隊攻撃時は雷装、と局面に応じて異なる兵装を選択する必要が出て来る。

ところが、兵装転換にはことのほか時間を要するため、雷撃と急降下爆撃の両方をこなせる機体が在《あ》れば、オアフ島攻撃中に米空母群と出くわしたとしても、爆装のまま出撃させて、とりあえず敵空母の飛行甲板を急降下爆撃で破壊できる、と考えられたのだった。

奇しくも「ミッドウェイ海戦」でそうした状況が現出し、帝国海軍は一挙に空母四隻を失うという惨敗を喫した。そのため、艦上雷爆撃機の開発はいよいよ急がれたが、ようやく昨年暮れに「二式艦上雷爆撃機」が制式採用にこぎ着けて、三月中旬には「大鳳」以下、第一機動艦隊の全空母に配備された。

そして、搭乗員が雷爆撃機に慣れるための訓練も、四月いっぱいでひと通り終えることができたのだった。

二式雷爆撃機は離昇出力一三五〇馬力の「金星《きんせい》五五型」エンジンを搭載して、最大速度二四〇ノット（時速およそ四四四キロメートル）、巡航速度一六〇ノット、約三〇〇海里の攻撃半径を有するが、急降下爆撃時には二五〇キログラム爆弾しか装備することができない。

むろん雷撃は可能だが、五〇〇キログラム爆弾を搭載しての急降下爆撃が不可能なため、同機はいまだ発展途上にあった。

さらなる改良がもとめられるが、今回の出撃も基地攻撃がおもな任務となるため、ポートモレスビー空襲中に万一米空母が現れたとしても、二式雷爆撃機なら臨機応変に対処できる。

第一機動艦隊は陸軍一個師団をラエ、サラモア地区へ上陸させるため、事前にポートモレスビーを空襲することになっていた。

「任務が基地攻撃ですから空母は出さず、ラバウルに航空隊のみを配備して、ポートモレスビーを空襲してはどうですか？　そうすれば味方空母を傷付けずに済みます」

首席参謀の黒島はそう進言したが、山口は即座にこれを否定した。

「母艦航空隊を基地で使うなどもってのほか！　ラバウルからポートモレスビーまでは四〇〇海里も距離があるし、空母から発進させてこそ奇襲を期待できるのだ！　それにポートモレスビー攻撃が奇襲となって成功し母艦航空隊の損害が軽微で済めば、そのまま東へ取って返してガ島も空襲しておきたい」

「……しかし、ポートモレスビーを奇襲できるでしょうか？」

黒島は首をかしげたが、山口はきっぱりと言いきった。

「ポートモレスビーの敵機はラバウル以北の偵察が困難だ。さらに北へ向かおうとする敵機がもし在れば、ラバウルの零戦で徹底的にそれを阻止する。第一機動艦隊が夜を利してポートモレスビーへ急接近すれば、奇襲は充分可能だ！」

　はたして五月一〇日。第一機動艦隊によるポートモレスビー空襲は、山口が言ったとおり、見事奇襲となって成功した。

　ラバウル上空にはB17などの四発爆撃機が毎日のように来襲していたが、零戦から激しい抵抗を受けてそれより北へ向かおうとする敵機は一機もおらず、また、わざわざ危険を冒《おか》してラバウルの北へ向かう理由も米軍機にはなかった。

　攻撃日前日の五月九日。ラバウルの北東およそ二〇〇海里の洋上に達した第一機動艦隊は、午後六時過ぎに夜のとばりが下りるや進軍速度を一気に二四ノットに引き上げて、ポートモレスビーへ急接近して行った。そして一〇日・午前四時三〇分にポートモレスビーの北東およそ三五〇海里の洋上へ達した小沢艦隊は、米軍に一切気付かれることなく第一波攻撃隊を発進させた。

　次いで午前五時一五分には第二波攻撃隊も発進させて、第一機動艦隊はポートモレスビーの北東二〇〇海里付近まで軍を近づけて行ったが、ポートモレスビーの敵機が反撃を仕掛けて来ることはついになかった。

　それもそのはず。このときポートモレスビーには四〇〇機ちかくのアメリカ陸軍機が配備されていたが、未明に発進した第一波が午前六時過ぎの日の出とともに基地上空へ進入し、見事、奇襲に成功して地上に居並ぶ敵機二〇〇機以上を撃破してみせた。

　第一波攻撃隊の二式雷爆一〇八機は、航続距離を延ばすために二五〇キログラム爆弾一発ずつの搭載で我慢し、ポートモレスビーの手前三〇海里までひたすら低高度での飛行を続けて、まんまと奇襲に成功した。

二式雷爆が急降下爆撃でめぼしい敵機を粉砕するや、五四機の零戦がすかさず機銃掃射を加えて戦果をさらに拡大した。

滑走路では粉砕された爆撃機や戦闘機の残骸が無数に散らばり、上空では憎きゼロ戦がわがもの顔で飛び始めたので、破壊をまぬがれた米軍機も金縛《かなしば》りにあったような状態となって、まるで飛び立つことができなかった。

攻撃を受け始めてから三〇分後にようやく空襲は一旦止《や》んだが、それから一五分と経たずして第二波の日本軍機が来襲し、基地が再び猛攻を受け始めたのだから、ポートモレスビー米軍航空隊はほとんどなす術がなかった。

いや、第二波攻撃隊が来襲するまでのあいだにポートモレスビー航空隊は一二機のP40戦闘機をなんとか迎撃に上げていた。

ところが、第二波にも五四機の零戦が随伴していたのでまったく歯が立たず、それらP40はおよそ同数のゼロ戦からたちどころに空戦にまき込まれ、ポートモレスビーの飛行場は再び爆撃の雨に晒《さら》されたのだった。

第二波には七二機の二式雷爆撃機が出撃しており、そのうちの三六機が二五〇キログラム爆弾二発ずつを装備し、残る三六機は八〇〇キログラム爆弾一発ずつを装備していた。

雷撃が可能な二式雷爆撃機は、航空魚雷を装備できるのだから八〇〇キログラム爆弾を装備しての出撃ももちろん可能で、その場合の攻撃方法は水平爆撃となる。また、二五〇キログラム爆弾二発を装備したものは、最初の攻撃で緩降下爆撃をおこない、二発目の爆弾を急降下爆撃で投じたのであった。

日本軍艦載機による空襲は結局一時間一五分にわたって続いた。

そして、午前七時二〇分にすべての日本軍機が上空から飛び去ったとき、ポートモレスビーに存在する五つの飛行場から数えきれないほどの黒煙が昇り、地上では三〇〇機以上に及ぶアメリカ陸軍機が破壊されていた。

見事、奇襲に成功した第一機動艦隊は、午前九時一〇分に攻撃隊の収容を終えて、一旦ラバウル方面へ軍を取って返した。それと入れかわるようにしてラバウルからは第八艦隊に護衛された上陸船団が出撃し、ラバウル航空隊の支援も得ながら五月一三日・正午前にはラエ、サラモア地区への上陸に成功した。一個師団の上陸にまる二日を要したが、これで帝国陸軍の三個師団が同地区での終結を完了したのである。

5

第一機動艦隊がポートモレスビー攻撃で失った艦載機は三〇機にすぎなかった。

そこで連合艦隊は小沢中将にガ島飛行場も攻撃するように命じ、第一機動艦隊はラバウル近海で重油補給後、五月一二日の午後にはソロモン海を東進し始めた。

ガ島の敵飛行場にはもはや二〇〇機を超える米軍機が配備されており、ブーゲンヴィル島配備の零戦はたび重なる敵機の空襲で稼働機が三〇機を切るまでに数を減らしていた。このままではいずれ兵力が底を突くため、第一機動艦隊の艦載機で飛行場を叩き、ガ島の米軍航空兵力をも減殺しておこうというのであった。

連合艦隊からの命令で第一機動艦隊がソロモン海を東進し始めたのはよかったが、ポートモレスビーを空襲された米軍は、日本軍機動部隊の出現をすでに察知しており、第一機動艦隊は一二日の日没直前に早くもB17爆撃機によって発見されてしまった。

こうなるとガ島に対する奇襲はもはや不可能なため、第一機動艦隊参謀長の山田定義少将は一旦艦隊をラバウル北方へ下げ、ポートモレスビー攻撃時に失った航空兵力を補充してからガ島を攻撃してはどうかと進言したが、小沢はすこし考えながらもこれを退けた。

「いや、攻撃をすこしでも後らせると、米空母に付け入る隙《すき》をあたえるかもしれない。……ガ島飛行場は、できれば敵空母の邪魔が入らぬあいだに潰《つぶ》しておきたい」

それも一理あるので山田はうなずいたが、実際には、もはや米空母は動き始めていた。

ポートモレスビーが空襲を受けた一〇日・午後には、エスピリトゥ・サント島（以下エス島）の泊地から五隻の米空母が出撃していた。いや、正確には、五隻のうちの一隻は英空母だった。

イギリス海軍の空母「ヴィクトリアス」が米海軍の指揮下に入り、空母「ロビン」と改称して「サラトガ」と一緒に行動していたのだ。

残る三隻はサンガモン級護衛空母の「サンガモン」「スワニー」「シェナンゴ」で、空母「エンタープライズ」はふくまれていなかった。

先の「南太平洋海戦」で中破していた「エンタープライズ」は、応急修理で四月末まで同海域にとどまっていたが、どうしても一度オーバーホールを実施しておく必要があった。

乗員にも休暇をあたえる必要があり、空母「ヴィクトリアス」の到着を待って一度ハワイへ引き揚げ、「エンタープライズ」は五月一二日現在、パールハーバーで補修点検を受けていた。

また、南太平洋艦隊は三月に「第三艦隊」と改称されており、その司令長官であるハルゼー提督は一九四二年一一月一八日付けで大将に昇進。このとき空母「サラトガ」に将旗を掲げて機動部隊を率いていたのはデヴィット・C・ラムゼー少将だった。

ラムゼー少将麾下の空母五隻は、エス島泊地へ一度は帰投しようとしていたが、一二日・夕刻にガ島方面へ向けて進軍中の日本軍機動部隊が発見されたため、急遽《きゅうきょ》反転して再びサンゴ海を北上し始めた。むろんガ島空襲を阻止してやろうというのだ。

ラムゼー部隊に北上を命じたのは、ほかでもないニューカレドニア島・ヌーメアで指揮を執っていたハルゼー大将だった。

『損害を恐れずソロモン海へ踏み込み、ジャップ空母を叩きのめせ！』

ラムゼーも「サラトガ」の艦長を務めたことがあり、生粋《きっすい》の航空屋だ。味方艦載機の足が短いことは重々承知しており、日本の空母を撃破するには〝接近戦を挑むしかない！〟と心していた。

とはいえ、サンガモン級空母は最大でも一九ノットの速力しか発揮できず、ラムゼーはもどかしい思いをさせられた。

いっそのこと「サラトガ」と「ロビン」だけで戦いを挑んでやろうかとも思ったが、ポートモレスビーを空襲して来た敵艦載機の数が思いのほか多かった。

日本の空母は少なくとも四、五隻いると思われたので、ラムゼーはやはり護衛空母三隻も戦力に加えて戦うことにした。

ヌーメア司令部から反転命令を受けるや、ラムゼー空母群はそれから速力一八ノットでたっぷり一〇時間以上も北進し続けた。

そして、ラムゼー部隊は一三日・午前五時四〇分の時点でガ島の西方（微南）およそ一五〇海里の洋上に達し、そこから一二機のドーントレスを索敵に出した。

──夜明けとともに日本軍機動部隊はガ島の西方二五〇海里付近から攻撃隊を放ち、わが飛行場を空襲して来るにちがいない！

ラムゼーはそう予想し、早朝を期して敵空母群を〝一五〇海里圏内に捕捉してやろう〟と狙っていたが、実際にはそうはならなかった。

昨夕。B17の接触をゆるした小沢中将は、奇襲を断念したのは周知のとおりだが、ガ島近海に米空母が出て来る可能性も充分あるとみて、あまり性急に軍を近づけず、一三日・午前五時四〇分の時点でガ島の西北西およそ三〇〇海里の洋上までしか軍を進めていなかったのだ。

西方三〇〇海里付近に軍をとどめたのは、ガ島米軍航空隊の合理的な攻撃半径が三〇〇海里程度だったからである。ガ島配備の米軍機はP38戦闘機、B25爆撃機といった陸軍機が主力だが、これら敵機はせいぜい三〇〇海里程度の攻撃半径しかなく、距離がそれを超えると、およそ有効な攻撃を実施できない。また、米海兵隊のF4F、SBD、TBFといった機体はさらに航続距離が短いため、小沢は、第一機動艦隊をまずはガ島の西方三〇〇海里付近にとどめておいた。

それはブーゲンヴィル島の西岸タロキナ沖の洋上で、同島ブイン基地の西北西およそ六〇海里に位置し、くり返しになるが、ガ島米軍基地からは三〇〇海里ほど距離が離れていた。

――まずは近海で米空母がうろついていないかどうか、確かめておいたほうが無難だ……。ガ島へあわてて近づく必要はない！

ガ島に対する奇襲が不可能になった以上、小沢がそう考えるのは当然のことだった。

この方針を採るのに心強いのは、「龍鳳」以外の五空母に三機ずつ搭載しておいた二式艦偵で、同機は二三〇ノットの巡航速度を発揮でき、必要とあれば五〇〇海里の距離を進出させて、かなりの広範囲を捜索することができる。つまり、ガ島を飛び越えて、その東方二〇〇海里付近の洋上まで索敵をおこなえるのだった。


午前五時四〇分に空が白み始めて来ると、小沢中将は、惜しげもなく一五機の二式艦偵に発進を命じて索敵を開始した。

――まずはこうしておけば、午前七時には二式艦偵の全機が三〇〇海里の距離を進出する！わが方が、ガ島の三〇〇海里付近で遊弋《ゆうよく》し続けているかぎり、敵空母から奇襲を喰らうようなことは絶対にない！

しかも、二式艦偵の高速をもってすれば、必ず索敵で先手を取れるはずだったが、米軍もさるもの。二月にソロモン・ガ島航空隊司令官に任命されていたマーク・A・ミッチャー少将は、ガ島飛行場が一三日・早朝に日本軍艦載機から〝奇襲を受ける可能性が高い！〟と予想して、薄明を待たず午前四時には早くも一二機のカタリナ飛行艇を索敵に出していた。

それでも索敵で先手を取ったのはやはり二式艦偵だった。午前六時三五分。一五機のうちの一機が第一機動艦隊の南南東・約二〇〇海里の洋上に米空母群を発見して、そのむねを旗艦「大鳳」に通報して来た。

そして、その十数分後には同機が『敵空母は全部で五隻なり!』と第二報を入れて来たのはよかったが、それから一分と経たずして小沢艦隊の上空へ、一機の米軍飛行艇が早くもすがたを現したのだった。

艦隊上空では九機の零戦が直掩《ちょくえん》に当たっていたが、敵飛行艇は雲を巧みに使って逃げを図り、零戦は同機をあえなく取り逃してしまった。

やがて敵機が電波を発したこともわかり、小沢は米空母群への攻撃を急ぐとともに、味方の執るべき方針を早急に決める必要があった。

敵基地と敵空母からの挟撃を避けるにはガ島から遠ざかるべきだが、そうすると敵空母群からも遠ざかることになる。できれば空母同士の戦いに専念したいが、幸い敵空母群との距離は二〇〇海里ほどしか離れておらず、足の長い味方艦載機なら、もうすこし距離を取っても充分に攻撃が可能だった。そこで小沢は、攻撃隊の準備を急ぎながら西北西へ一旦軍を退け、ガ島から三五〇海里ほど距離を取るべく西進を命じた。

ガ島の敵機が三五〇海里の距離を超えて攻撃を仕掛けて来ることは〝まずない〟と考えられるので、小沢は速力二〇ノットで艦隊の針路をまずは西北西に執ったのだ。

「米空母をすみやかに攻撃する必要がある!　第一波攻撃隊の準備は、あとどれくらいでととのうかね?」

続いて小沢がそう諮ると、これには航空参謀の内藤雄中佐《ないとうゆう》が即答した。

「はっ、あと二五分！　第一波攻撃隊は午前七時一五分に発進可能となります！」

いうまでもなく零戦以外の攻撃機はすべて二式雷爆だ。ガ島から三〇〇海里ほど距離が離れていたので二式雷爆は艦偵から第一報が入るまで爆弾や魚雷を装備していなかった。そのため、第一波攻撃隊を準備するのにたっぷり四〇分ほど掛かりそうだった。

攻撃隊の準備にいよいよ拍車が掛かり、空母六隻の艦上へ爆弾などを装備した二式雷爆や零戦が次々と上げられてゆく。

そのあいだに第一機動艦隊は西北西へ一〇海里余り後退し、午前七時一五分には予定どおり第一波攻撃隊の出撃準備がととのった。

第一波攻撃隊／攻撃目標・米空母群
①「大鳳」／零戦九、二式雷爆（爆）一八
①「翔鶴」／零戦九、二式雷爆（雷）二七
①「瑞鶴」／零戦九、二式雷爆（雷）二七
②「雲鶴」／零戦九、二式雷爆（爆）二七
②「龍鳳」／零戦六、二式雷爆（爆）九
②「瑞鳳」／零戦六、なし
※〇数字は各航空戦隊を表わす。

第一波攻撃隊の兵力は、零戦が四八機、爆装の二式雷爆が五四機、雷装の二式雷爆が五四機の計一五六機。

南東から弱い季節風が吹いており、母艦六隻は風上へ向けて疾走。午前七時三〇分には第一波の全機が難なく上空へ舞い上がった。

続いて第二波の攻撃機も休みなく飛行甲板へ上げられ、機数の少ない第二波攻撃隊は午前八時に発進準備がととのった。

第二波攻撃隊／攻撃目標・米空母群
①「大鳳」／零戦六、二式雷爆（雷）一五
①「翔鶴」／零戦六、二式雷爆（爆）一二
①「瑞鶴」／零戦六、二式雷爆（爆）一二
②「雲鶴」／零戦六、二式雷爆（雷）一二
②「龍鳳」／零戦六、なし
②「瑞鳳」／零戦六、なし
※○数字は各航空戦隊を表わす。

第二波攻撃隊の兵力は、零戦が三六機、爆装の二式雷爆が二四機、雷装の二式雷爆が二七機の計八七機。

第一機動艦隊はポートモレスビー攻撃時に零戦九機と二式雷爆二一機を失っており、第二波攻撃隊の兵力はその分だけ減少している。

今度は、「大鳳」の発艦機数が最も多いが、それでも二一機のため、すべての攻撃機が九分以内に上空へ舞い上がり、午前八時一〇分には第二波の発進も完了した。

こうして午前八時過ぎには一波、二波を合わせて二四三機に及ぶ攻撃機が米艦隊上空をめざして進撃して行ったが、味方空母も攻撃を受けると考えた小沢中将は艦隊の防空を重視して、六〇機の零戦を手元に残しておいたのだった。

いっぽう、ガ島発進の飛行艇が発した報告電をラムゼー少将の旗艦「サラトガ」が受信したのは午前六時五〇分過ぎのことだった。

「司令官！　敵空母は六隻です。敵はわが部隊の北北西およそ〝二〇〇海里の洋上を遊弋中！〟とPBYが報じております！」

ラムゼーはこれを聴き、にわかに眉間《みけん》にしわを寄せた。敵空母がかれの予想よりも五〇海里ほど遠方で発見されたからである。しかも、敵空母の数が思いのほか多かった。

さらに悪いことには、一五分ほど前からラムゼー部隊は高速の日本軍偵察機から接触を受け続けており、直掩のワイルドキャットに撃墜するよう命じてもいまだ撃ち落とせずにいた。

こしゃくな敵偵察機は午前七時過ぎにようやく北方へ引き揚げて行ったが、悪いことばかりではない。ラムゼーは日本軍機動部隊の出現を予期していたので、空母五隻の艦上ではすでに攻撃隊の出撃準備がととのっていた。

敵空母群との距離はおよそ〝二〇〇海里！〟と報告されたので、足の短い味方艦載機でもぎりぎり届く。ラムゼーはすぐさま攻撃を決意して午前六時五五分には攻撃隊に発進を命じたが、その約一五分後の午前七時一〇分に、「サラトガ」へさらなる報告電が飛び込んで来た。

『敵艦隊は西北西へ向けて退避しつつある！　速力・約二〇ノット』

報告を入れて来たのは、薄明を期して「サラトガ」から索敵に出していた、ドーントレスのうちの一機だった。

同機の報告によると、敵艦隊は西北西へ〝遠ざかりつつある〟というのだから、第一次攻撃隊を発進させたあとも、ラムゼーは北進を命じて、味方空母を日本軍機動部隊の方へ近づけてゆかざるをえなかった。

問題は五二機もの攻撃機を出撃させる「サラトガ」の発進作業だった。その発進が完了するまでは南東の風に向かって母艦五隻を航行させるしかない。つまり敵から遠ざかることになるのでラムゼーはたまらず問いただした。

「さ、『サラトガ』の発進はいつ終わる⁉」

「はっ、あと一五分、午前七時二五分には完了します！」

航空参謀の答えは正しく、第一次攻撃隊は予定時刻どおりに発進を完了。最後のアヴェンジャー雷撃機が「サラトガ」の飛行甲板を蹴って上空へ舞い上がると、ラムゼーは唾《つばき》を飛ばして北北西への反転を命じた。

やがて、全艦艇が北北西に定針したのはよかったが、ラムゼー部隊は護衛空母の速力に合わせて一八ノットで北進せざるをえなかった。

日本軍機動部隊が北方へ遠ざかりつつある、というのだから、第一次攻撃隊は二〇〇海里以上の距離を飛んでゆくことになる。ラムゼーは、味方攻撃隊の負担をすこしでも減らすためにさらなる北進を命じたが、まずは第一次攻撃隊を無事に発進させることができたので、進撃してゆく攻撃隊を見送りながら息を吐いた。

第一次攻撃隊の兵力はワイルドキャット戦闘機三六機、ドーントレス爆撃機四八機、アヴェンジャー雷撃機六八機の計一五二機。

爆撃機よりも雷撃機の機数が多いのは空母「ロビン（ヴィクトリアス）」がドーントレスを一機も搭載していなかったからである。

攻撃隊は三〇分ほどで発進を終えたが、味方も攻撃を受けるのが必定。ラムゼーは防空用に六八機のワイルドキャットを残しておいた。

6

めざす敵空母群の上空へ真っ先に迫って行ったのは日本軍・第一波攻撃隊で、第一波の空中指揮官は、大鳳降下爆撃隊を直率する江草隆繁少佐が務めていた。

対する米軍は、「サラトガ」のレーダーが午前八時五分ごろに日本軍攻撃隊の接近をとらえ、ラムゼー少将は、「ロビン」搭載のワイルドキャットもふくめ、全戦闘機に発進を命じた。

五空母の艦上で待機していたワイルドキャット六八機は、命令を受けてから一〇分ほどですべて上空へ舞い上がり、自軍艦隊の手前（北北西）およそ三五海里の上空で迎撃網を構築し、午前八時二五分には空中戦が始まった。

――すわっ、敵さんお出ましになったな！

敵戦闘機の迎撃があることを予期していた江草少佐は、めざす上空にグラマンの大群を発見するや、制空隊の零戦三六機にすかさず突撃を命じて本隊の護《まも》りをがっちりと固めた。

本隊には軽空母から発進した一二機の零戦を直衛に残し、江草機以下の全二式雷爆に密集隊形を命じたのだ。

時計の針が急激に回り始める。前方上空でたちまち戦闘機同士がぶつかり合い、制空隊の零戦は四〇機以上のグラマンを空戦にまき込んだ。

しかし、敵もさるもの。二〇機以上のグラマンが制空隊の突入をかわして、空戦開始から三分後には、江草の直率する本隊に波状攻撃を仕掛けて来た。

「くそっ、思ったより数が多いな……」

さしもの江草も舌打ちしたが、これだけの数のグラマンが迎撃して来るということは、必ずこの近辺で敵空母も行動しているはずなので、まさにここが我慢のしどころだった。

直衛に残した零戦も、懸命になってグラマンの突入を防いでくれている。身を挺した反撃に江草は頭の下がる思いがしたが、なにしろ敵機の数は零戦の二倍ちかくに達しており、直衛隊の零戦もさすがに苦戦を強いられている。

二式雷爆は零戦の撃ちもらした敵機に喰い付かれ、刻一刻とその数を減らしてゆく。

二式雷爆も一三ミリの後方旋回機銃で時折りグラマンに深手を負わせるが、後下方から突き上げられると、まったくどうしようもなかった。

迎撃戦に徹したＦ４Ｆはめっぽう強く、開戦から一年以上が経過したこの時期にもなると、ワイルドキャットのパイロットはみな、零戦との戦い方を会得し始めていた。

第一波攻撃隊は一〇分以上にわたって敵戦闘機の猛攻を受け続けた。戦闘機同士の戦いから抜け出て来たグラマンも時折り本隊に攻撃を仕掛けて来るので、まさに危機的状況だ。

進軍にこそ支障はないが、江草機も敵弾数発を喰らっており、本隊は、三〇機以上の二式雷爆をすでに撃ち落とされていた。

しかし第一波攻撃隊は、米空母群の方へ着実に近づいていた。

そして雷装の二式雷爆がもう一機、撃墜されたその直後、江草は眼下の洋上に、二隻の米空母をついに発見した。

――よし、しめた！　一隻はまぎれもなく「サラトガ」だ！　で、もう一隻は……。

と思いながら目を凝らした、その瞬間、江草は完全に意表を突かれて逆に眼を見開いた。

「も、もう一隻は英空母じゃないかっ！　あれはイラストリアス級にちがいない！」

そう叫び江草が一瞬、振り向いて空母を指さし偵察員の石井《いしい》樹《いつき》飛曹長に確認をもとめると、石井もしきりにうなずいてみせ、英空母であることを即座に認めた。

そのさらに後方（南方）洋上には、別の敵部隊がひそんでいそうな気配も感じたが、二式雷爆をこれ以上〝失うわけにはいかない！〟と判断した江草は、意を決して突撃命令を発した。

母艦出撃時に江草は、敵空母は計五隻で〝そのうちの三隻は小型空母だ〟と知らされていた。だとすれば、優先的に攻撃すべき敵空母は、眼下をゆくこれら二隻にちがいなかった。

ときに午前八時四〇分。江草は〝ト連送〟を発して全軍に突撃を下令したが、そのときにはもう攻撃隊本隊は零戦六機と二式雷爆三三機を失っており、残る攻撃兵力は二式雷爆が七五機となっていた。江草機以下、爆装のものが四二機、それに雷装の二式雷爆が三三機だ。

攻撃方針を早急に決めるべきだが、英空母はイラストリアス級にちがいなく、その飛行甲板にはかなりの装甲が施されているはずだった。だとすれば、二五〇キログラム爆弾で有効打をあたえるのはむつかしい。

江草はそのことを重々承知していたが、対空砲火を分散させる必要もあるため、イラストリアス級の攻撃に爆装の雷爆一八機と雷装の雷爆一八機を差し向け、残る二式雷爆三九機でサラトガ級米空母へ襲い掛かることにした。

英空母をやるのもよいが、主敵はなんといっても米空母だ。そこで江草は、「サラトガ」と思《おぼ》しき敵空母に対して、愛機をふくむ爆装の二四機で襲い掛かり、飛行甲板を確実に破壊した上で、あわよくば雷装の一五機でとどめを刺してやろう、と考えたのだった。

はたして、第一波攻撃隊による猛攻はこのあと三〇分ちかくにわたって続いた。そして、攻撃隊は対空砲火でさらに九機を撃墜されながらも、イラストリアス級空母に爆弾三発と魚雷二本をねじ込み、サラトガ級にも爆弾五発と魚雷一本を命中させた。

まずまずの命中率だったが、空母「ロビン」は飛行甲板を中破されたものの、左右両舷に一本ずつ魚雷を喰らったことが幸いして、いまだ二五ノットで航行していた。

かたや、江草が本命視した「サラトガ」のほうは、より深刻な被害を受けており、速力が一気に一三ノットまで低下して、飛行甲板もずたずたに引き裂かれていた。

立て続けに爆弾五発を喰らった「サラトガ」は艦内奥深くで発生した火災が機関部にまで達してしまい、およそ半数のボイラーが使用不能となってたちまち戦闘力を喪失した。

さらに魚雷も喰らった「サラトガ」は、右へ四度ほど傾斜しており、その後も速度が上がらずラムゼー少将は早々と旗艦の変更を決意した。もはやこうなると、艦載機の運用は不可能で、「サラトガ」の艦内は今や大混乱におちいっていた。

こうしてみると、飛行甲板の装甲はやはり有効で、「ロビン」は前部・飛行甲板を一部欠損していたが、いまだ着艦可能な状態を保っていた。

それはよかったが、「ヴィクトリアス」は名前を変えて助太刀していたものの、頼みのはずの「サラトガ」が大破して混乱状態にあるため、艦長のラクラン・D・マッキントッシュ大佐は、これ以上、米海軍に〝義理立てする必要もあるまい〟と早くも撤退を決意した。

実際、司令官のラムゼー少将は「サラトガ」から軽巡「サンファン」へ移乗中で指揮を執れない状態にあり、マッキントッシュが撤退を決意したのは賢明だった。

今、時計の針は午前九時二〇分を指そうとしており、日本軍・第二波攻撃隊がもはや「ヴィクトリアス」の間近まで迫っていたのだ。

マッキントッシュは、「ヴィクトリアス」から発進したワイルドキャットのうちの八機を、急いで呼びもどし、同艦直上の防衛に当たらせた。

そしてマッキントッシュは八機に対し、低空へ舞い下りた日本軍〝雷撃機〟に的を絞って、徹底的に攻撃を加えるよう命じた。

はたせるかな、この命令が功を奏して空母「ヴィクトリアス」は投じられた魚雷をすべて回避することに成功し、爆弾一発を喰らったものの、二五ノットの速力を維持したまま戦場をあとにしたのであった。

じつは、第二波攻撃隊はワイルドキャットの迎撃により、爆装と雷装の二式雷爆それぞれ三機ずつを失っていた。その結果、残る攻撃兵力は爆装のものが二一機、雷装のものが二四機となっており、そのうち爆装の一〇機と雷装の一二機が「ヴィクトリアス」に襲い掛かり、残る爆装の一一機と雷装の二式雷爆一二機が「サラトガ」へ向けて突入していた。

そして「ヴィクトリアス」は戦場からの離脱に成功したが、速力が一三ノットしか出せない「サラトガ」は爆弾や魚雷をとても回避することができず、第二波攻撃隊からも爆弾二発と魚雷二本を喰らって右へ大きく傾き、ついに傾斜が止まらず沈没し始めたのである。

それはソロモン現地時間で五月一三日・午前九時五〇分過ぎのことだった。

いっぽう小沢・第一機動艦隊もまた、そのころ米軍艦載機から空襲を受けていた。

一五二機におよぶ米軍攻撃機は午前七時二五分に発進を終え、日本軍機動部隊の上空をめざしていたが、米軍攻撃隊はガソリンを節約するために空中集合を実施せず、おおむね二群に分かれて進軍していた。

第一次攻撃隊／攻撃目標・日本空母群
・第一群／計九七機　午前七時一五分に進撃
（F4F二四、SBD四八、TBF二五）
・第二群／計五五機　午前七時二五分に進撃
（F4F一二、TBF四三）

米軍攻撃隊・第一群の接近を空母「大鳳」のレーダーが探知し、第一機動艦隊の手前（南方）・約三五海里の上空で空中戦が始まったのは午前八時四二分のことだった。

周知のとおり、小沢中将は六〇機の零戦を防空用に残し、そのうちの九機を直掩隊として空母群直上の護りに就かせ、残る五一機で米軍攻撃隊を迎え撃った。そして、いよいよ空の戦いが始まるや、小沢は意を決して命じた。

「全艦艇に告ぐ！　西北西へ向けて速力二五ノットで退避せよ！」

この命令で第一機動艦隊はますますガ島から遠ざかり、米軍攻撃隊は結局、二二五海里の距離を進出させられることになる。

「ミッドウェイ海戦」時とは異なり、レーダーに誘導された零戦は、その実力を遺憾《いかん》なく発揮してみせた。

迎撃戦闘機隊の零戦五一機は、敵・第一群に随伴していたワイルドキャット二四機をたちまち空中戦にひきずり込み、完全に一対一の対決に持ち込むと、その後は戦闘機同士の果し合いから離脱した二七機で、アヴェンジャーやドーントレスに容赦なく波状攻撃を仕掛けていった。

その猛攻に、米軍パイロットはみな、顔が青ざめ、途中で引き返す者が出るほどだった。

無理もない。護衛空母三隻の搭乗員はそのほとんどが実戦を経験しておらず、零戦と戦ったのはこれがはじめてだった。

とくにドーントレスは、一〇〇〇ポンド爆弾を装備したままの状態で出撃を命じられ、ガソリン不足がいよいよ気になっていた。それでも二〇〇海里以上の距離を進出しなければならず、燃料の不安を抱えるパイロットの心理状態はどうしても悲観的になっていた。

それとは対称的に零戦の搭乗員はみな、ここが撃墜数の〝稼ぎ時！〟とばかりに思う存分、暴れまわっている。零戦はすべて二二型に世代交代しており、二〇ミリの携行弾数が六〇発から一〇〇発に増えていた。そのため必中が期待できそうな距離に敵機を捕まえると、零戦は出し惜しみなく二〇ミリを撃ち掛けた。

米軍攻撃隊にとってなお悪いことに、めざす空母群が北方へ向けて退避し始めたので、たっぷり一八分にわたって迎撃戦闘機隊の零戦から攻撃を受け続けた。

そして、米軍攻撃隊の第一群は、二二五海里の距離を進出したところで、めざす空母群をようやく発見したが、そのときにはもう、六〇機の攻撃機を撃退もしくは撃墜され、残る攻撃兵力はドーントレス八機、アヴェンジャー五機の計一三機となっていた。

しかも、空母群の直上では直掩隊の零戦九機が待ち構えており、それら一三機も、多くが零戦に喰い付かれ、まともに投弾できたものはかぞえるほどしかなかった。

アヴェンジャー雷撃機は零戦に突入を阻止されて、すべて雷撃に失敗した。

だが、さしもの零戦も敵機の突入を完全には阻止することができず、二機のドーントレスを取り逃した。

狙われたのは小沢中将自身が座乗する旗艦「大鳳」だった。小沢中将は「大鳳」の防御力を信じて二航戦を先に退避させており、「大鳳」がこのとき最も南寄りで航行していた。

日本軍艦艇はありったけの対空砲を「大鳳」の上空へ向けて集中し、急降下に入った敵爆撃機のうちの一機に深手を負わせて寸でのところで投弾を阻止した。

同機の投じた爆弾は空母「大鳳」の左舷およそ四〇メートルの海に着弾し、大きな水柱を上げたが、「大鳳」にかすり傷ひとつ負わせることができなかった。

小沢もホッと胸をなでおろす。

しかし、もう一機の投じた爆弾は、確実に「大鳳」の〝へそ〟に向かって落ちて来た。

――いかん、これはやられるぞ！

次の瞬間、小沢の悪い予感は的中し、その一〇〇〇ポンド爆弾は飛行甲板のほぼど真ん中を突き刺して炸裂した。

まばゆい閃光が走り、「大鳳」艦上から黒い灰色の煙が昇った。小沢もかなりの衝撃を感じ、内心気が気でなかったが、煙がおさまるや、飛行甲板のソデからすぐに整備員が飛び出し、一分と経たずして火を消し止めた。

座乗艦「大鳳」は、なおも三〇ノットちかくの高速で走り続けている。

小沢は口をつぐんで辛抱強く待っていた。すると、被害確認を終えた艦長の菊池《きくち》朝三《ともぞう》大佐が向きなおって報告した。

「制動索を張り替えるのに一〇分ほど掛かりますが、艦載機の運用に支障はなく、本艦はこれまでどおり作戦可能です！」

期待どおりの報告に小沢がうなずくと、みなも一様に胸をなでおろした。

それはよかったが、よろこんでばかりもおられない。米軍攻撃隊の第二群がもはや艦隊近くまで迫っており、「大鳳」「瑞鶴」などに対して魚雷を投じて来たのだ。

第二群の米軍攻撃隊は、ワイルドキャットを除くと、アヴェンジャー雷撃機ばかりで編成されていた。その数四三機。

迎撃戦闘機隊の零戦は途中から狙いを急ぎ第二群の敵機に切りかえたが、二〇機余りを撃退するのが精いっぱいで、二一機のアヴェンジャーを取り逃してしまった。

しかし直掩隊の零戦はすべて健在で、「大鳳」の近くで九機ともがんばっていた。

それら零戦がすかさずアヴェンジャーに喰らい付き、魚雷の投下を阻止したが、一機で敵一機を迎え撃つのが精いっぱい、一二機のアヴェンジャーに魚雷の投下をゆるしてしまった。

狙われたのは「大鳳」と「瑞鶴」だった。けれども「大鳳」の左右には、戦艦「比叡」「霧島」がぴたりと張り付いており、一部のアヴェンジャーは「大鳳」への攻撃をあきらめ、「比叡」に魚雷を投じて来た。

標的にされた「大鳳」「瑞鶴」「比叡」はいずれも全対空砲火を開きながら三〇ノット以上の高速で大回頭をおこない、「大鳳」「比叡」は敵雷撃機の未熟さにも助けられ、すべての魚雷をかわしてみせた。

が、まぐれ当たりというものがあるもので、空母「瑞鶴」へ向けて投じられた六本の魚雷のうちの一本が同艦の舷側をついに捕らえ、右舷・後部に浸水をまねいた「瑞鶴」は速力が二六ノットにおとろえた。

やがて空襲は止み、午前九時二五分には敵機が一旦、艦隊上空から飛び去った。

ところが、そのわずか一〇分後には、東南東の方角から新手の敵機群が来襲した。

その接近を「大鳳」のレーダーが事前にきっちりと探知していたため、不意を突かれるようなことはなかったが、それはミッチャー少将が出撃を命じたガ島の米軍攻撃隊だった。

午前九時半過ぎのこの時点で、第一機動艦隊はガ島の西北西およそ三三〇海里の洋上まで、軍を後退させていた。

にもかかわらずガ島配備の米軍機が来襲したのだから、小沢も内心、困惑した。

ガ島から来襲した敵機は五〇機余り。その兵力は実際には、P38戦闘機一六機、A20攻撃機一二機、B25爆撃機二〇機、B17爆撃機八機の計五六機で、すべて米陸軍機だった。

ミッチャー少将は日本軍機動部隊が夜明けを期して〝ガ島の二五〇海里〟付近から攻撃隊を出して来ると予想していた。ところが実際には三〇〇海里の遠方で敵艦隊が発見されたため、ミッチャーは一計を案じた。

陸軍爆撃機にはあらかじめ一〇〇〇ポンド爆弾を装備させておいたが、それを取り外し、五〇〇ポンド爆弾に換装して出撃させることにしたのである。いうまでもなく、航続距離を延ばすための措置であった。

そのため爆弾の換装作業に時間を取られ、これら陸軍機が飛行場から発進を完了したのは、午前七時三〇分ごろのことだった。

また、B17爆撃機は航続距離に余裕があるので五〇〇ポンド爆弾四発ずつを搭載していたが、同機は索敵目的で急遽、配備されていたためスキップ・ボミング（反跳爆撃）の訓練を受けていなかった。そこでB17八機には水平爆撃で攻撃させることにした。それと、P38戦闘機には爆弾を一切装備せず、航続力を延ばして爆撃機の護衛任務に専念させるようにした。

攻撃距離が〝三〇〇海里を超える〟ということは百も承知していたが、ミッチャーは決して攻撃をあきらめず、これら五六機の陸軍機に思い切って出撃を命じた。が、さすがに海兵隊機に出撃を命じることはできなかったのである。

このとき、小沢機動部隊は米軍艦載機を退けた直後でいつになく混乱していた。

そこへガ島の米軍機が五〇機以上も来襲したのだからたまらない。艦隊上空を護る零戦はいまだ四二機が健在だったが、その多くが二〇ミリ弾を撃ち尽くしていた。米陸軍機は総じて防御力に優れ、それを七・七ミリ機銃だけで撃ち落とすのは至難の業だった。

それでも四二機の零戦は果敢に新手の敵機群を迎え撃ったが、A20やB25はやはり頑丈で七・七ミリではなかなか落ちてくれない。迫り来る敵機を観て、小沢もいよいよ覚悟を決めた。ところがそのとき状況が一変した。

――なにっ!? し、信じられぬほど、零戦の数が増えているじゃないか……。

そして、敵機がウソのように落ちてゆく。

小沢が目をまるくして俄然その光景に見入っていると、航空参謀の内藤中佐が突如として、声を張り上げた。

「あれはブインの零戦です！ 〝三二型〟なのでまちがいありません！」

そう言われてよく観てみると、たしかに、それら零戦の翼端は垂直に切られたような形状をしていた。助太刀に現われたのはなるほど「零戦三二型」で、内藤が言うようにブーゲンヴィル島のブイン飛行場から飛び立った二四機の零戦にちがいなかった。

このとき、零戦二二型から追撃を受けながらも撃墜をまぬがれていた米軍爆撃機の多くが、いよいよスキップ・ボミングの態勢に入ろうと高度を下げ始めていた。一航戦の三空母をもはや視界にとらえていたのだ。

ところが、空母を物色していたところへ、高空から突然三二型が襲い掛かり、二〇ミリの猛射を喰らったのだから米軍爆撃機はたまらない。

三〇〇〇メートル以下の高度では零戦のほうが運動性能で優れ〝双胴の悪魔〟との異名を持つP38も、三二型の突撃をまったく阻止することができなかった。

しかも米軍爆撃機は、威力の弱い七・七ミリ弾とはいえ、すでに無数の弾丸を喰らっていたので耐久力がかなり低下していた。そこへ、三二型の放った二〇ミリ弾がとどめとなって炸裂し、ブイン航空隊は、米軍爆撃機をおもしろいように撃ち落としていった。

かたやB17爆撃機にも八機の二二型が喰らい付いており、高度七六〇〇メートルから投じられた爆弾は案の定、一発も命中しなかった。

第一機動艦隊にとって脅威となるのはやはり計三二機のA20攻撃機、B25爆撃機だったが、零戦三二型はわずか五分ほどの攻撃で、それら米軍機のうちの、一六機を撃墜し、八機を艦隊上空から撃退してみせた。

残る米軍爆撃機はA20三機、B25五機の計八機となっている。それでも、めざす空母群を視界にとらえていた米軍パイロットは、果敢に突入して爆弾を投下し始めたが、いずれの爆撃機にも二機以上の零戦がまとわり付いており、零戦の猛追を受けながらスキップ・ボミングを成功させるのは難易度がきわめて高かった。

はたして米軍爆撃機は、八機とも爆弾の投下には成功した。が、とても空母を直撃することはできず、その攻撃は「比叡」と「翔鶴」に至近弾をあたえたにとどまった。

至近弾となった二発は二、三度、海面を蹴って両艦の方へ飛び跳ねて行ったが、標的をとらえる前に炸裂してしまい、「比叡」と「翔鶴」は舷側にわずかな亀裂を生じたにすぎなかった。

ブイン航空隊の助太刀を得て、第一機動艦隊はなんとか最小限の被害でガ島米軍機の空襲を乗り切った。

その意義は案外大きかった。

ブイン航空隊の活躍でガ島の米軍航空兵力をかなり減殺することができ、これで本日中に再びガ島の敵機から空襲を受けるような心配がまずなくなった。すなわち第一機動艦隊は、これ以降、米軍機動部隊との戦いに専念できるようになったのである。

「ガ島からもう一度、敵機が来襲する可能性はあるかね？」

小沢があらためて問いただすと、内藤はこれに即答した。

「いえ。まず、ないでしょう」

小沢は大きくうなずくと、速力二〇ノットを命じ、ガ島の西北西三〇〇海里の洋上へ軍を取って返した。

まずは出した攻撃隊を収容する必要がある。

第一機動艦隊が東進しているあいだにも続々と攻撃機が上空へ帰投し、六隻の母艦は午前一一時三〇分には帰投機の収容を完了した。

艦隊は予定どおり、ガ島の西北西三〇〇海里の洋上へ達していた。

攻撃隊の収容が終わると、小沢はいよいよ米空母部隊を追撃するために、二四ノットで南進するよう命じた。そして同時に、一二機の二式艦偵を索敵に出した。

第三波攻撃隊を準備するのにたっぷり一時間は掛かる。艦偵を索敵に出し、その間も敵艦隊との接触を保っておこうというのだ。

　魚雷を喰らった「瑞鶴」は速力が二六ノットに低下していたが、艦長の野元為輝《のもとためき》大佐が戦場からの離脱を潔しとせず、「瑞鶴」は〝戦闘可能！〟と信号し続けていた。そのため小沢もトラックへの引き揚げを命じなかった。

「瑞鶴」をふくむ六空母の艦上では、今、第三波攻撃隊の準備が急がれていた。が、損傷機の修理に多少の時間を要し、各母艦の飛行甲板上で第三波攻撃隊が整列を終えたのは、午後零時四五分のことだった。

　第三波の兵力は一五〇機。零戦五四機、爆装の二式雷爆四八機、雷装の二式雷爆四八機を準備することができた。

　五分ほど前にちょうど二式艦偵の一機から報告が入り、「サラトガ」と思しき敵空母のすがたはすでになく、第一機動艦隊の南東およそ二六五海里の洋上で三隻の小型敵空母が行動中であることが判明した。

　ちなみに、いちはやく南へ退避した「ヴィクトリアス」は、このとき第一機動艦隊の南東およそ二八五海里の洋上をさらに南下中で、いまだ二式艦偵に発見されていなかった。

　三隻の小型空母は速力二〇ノットちかくで南へ退避しつつある。艦偵がそう報告してきたので攻撃を急ぐ必要があった。小沢はただちに出撃を命じて、第三波攻撃隊の全機が午後一時には上空へ舞い上がった。

　攻撃隊を発進させたのはよいが、第三波の攻撃距離は〝三〇〇海里に及ぶ！〟と予想された。

そのため第一機動艦隊はその後も二四ノットで南進を続けた。

はたして、第三波攻撃隊は、午後二時五四分にめざす敵空母三隻の上空へ達した。攻撃隊はそのおよそ一〇分前から敵戦闘機の迎撃を受け始めたが、零戦が数でグラマンを圧倒していたので、二式雷爆の喪失は一二機にとどまった。

第三波攻撃隊は再び江草少佐が指揮官となって出撃しており、その進出距離は結局三〇五海里に達していた。

敵空母の動きを観察して、江草はまたたく間に直感した。

――こりゃ三隻とも、鈍足の改造空母だ！

攻撃兵力は充分。爆装が四四機と雷装も四〇機が残っている。グラマンはいまだ二〇機ほどいるが、零戦がすっかり制空権を奪っていた。

江草は、攻撃機を均等に三隊に分け、午後二時五六分に突撃命令を発した。

敵空母三隻はやはり改造空母で速力は二〇ノットも出ていない。江草は、対空砲火を分散させるために、三空母へ同時に襲い掛かった。

兵力は充分すぎるほどだった。二五分に及ぶ攻撃で、攻撃隊はさらに二式雷爆六機を失いながらも、三隻の敵空母にもれなく爆弾四発以上と魚雷数本を命中させて、見事、三隻とも撃沈してみせた。いや、江草が引き揚げを命じたとき、敵空母三隻はいずれも、すでに海中へ没しようとしていたので、三空母とも〝轟沈《ごうちん》した！〟といって差し支えなかった。

五月一三日に生起した「南部ソロモン海戦」の結果、第一機動艦隊は空母「サラトガ」とサンガモン級護衛空母三隻を撃沈し、快勝をおさめた。

空母「サラトガ」を失い、ポートモレスビー航空隊が壊滅的な損害を受けた米軍は、航空兵力の立てなおしにすくなくとも三ヵ月ほど掛かり、ソロモン、ニューギニア方面での反攻作戦が遅延を余儀なくされる。

対する連合艦隊は、ラバウル航空隊のさらなる消耗をしばらく避けることができ、陸軍は七月中にブナ地区の奪還に成功して、ポートモレスビー攻略の橋頭堡《きょうとうほ》を築くことができた。

米海軍は開戦時に保有していた主力空母のうちの五隻までを失い、太平洋に残された空母は「エンタープライズ」一隻のみとなっている。

「いよいよ次こそ、ハワイです！」

第一機動艦隊の勝利を受け、山口多聞がそう宣言すると、山本五十六も目をほそめ、深々とうなずいてみせたのである。

第四章　新雷爆撃機／暁星《ぎょうせい》

1

昭和一八年六月二〇日。大鳳型装甲空母の二番艦「魁鳳」が呉海軍工廠で竣工した。

改マル四計画で建造を始めた「大鳳」「雲鶴」に次ぐ三番目の空母で、翔鶴型四番艦の「慶鶴」も一一月には竣工する予定となっている。

先の海戦で損傷した「大鳳」「翔鶴」は六月中に修理を完了し、「瑞鶴」と戦艦「比叡」も七月中に修理を終える予定となっていた。

また、機関換装中《かんそうちゅう》の空母「飛鷹」も七月二〇日に改装工事を完了する見込みで、空母「隼鷹」も八月中旬には同様の工事を完了し、速力二九ノットを発揮できる一線級の空母として生まれ変わる予定になっていた。

帝国海軍も米海軍に負けず空母を増やそうとしている。九月には水上機母艦「千歳《ちとせ》」が軽空母として生まれ変わり、同じく「千代田《ちよだ》」も軽空母への改造がおこなわれている。「千代田」は一一月に工事を終える予定となっていた。

これらの建造、改造工事が計画どおり進捗《しんちょく》すれば、一一月下旬の時点で帝国海軍の艦隊用空母は全部で一二隻となる。

大鳳型装甲空母二隻、翔鶴型空母四隻、飛鷹型空母二隻、そして軽空母四隻「瑞鳳」「龍鳳」「千歳」「千代田」の計一二隻である。

むろん米海軍はエセックス級空母などを大量に建造しているが、先の海戦で空母「サラトガ」の撃沈に成功し、これら一二隻の空母が連合艦隊の戦力となれば、一一月の時点で日米の空母兵力は拮抗《きっこう》する、と山口はみていた。

問題は一二隻の空母でどのような戦い方をするかだが、山口はむろん一貫して〝ハワイを占領すべきだ！〟と考えていた。

しかし、この方針に疑問を呈したのが連合艦隊首席参謀の黒島亀人大佐だった。

「ハワイ作戦に反対するわけではないですが、空母兵力が拮抗するとすれば、マーシャルで決戦を挑むべきではないでしょうか？　そうすれば、わが方は機動部隊だけでなく、基地航空隊も決戦に動員できます。そのほうが、勝てる確率が高いのではありませんか？」

「ああ。マーシャルで決戦を挑めば勝てるかもしれない。だがな、たとえ勝ったとしても、こちらも空母や搭乗員をかなり消耗することになる。だとすれば、ハワイ攻略用の戦力を再びそろえるのにすくなくとも半年、悪ければ一年ほど掛かってしまう。その半年か一年で米海軍は日本より多くの空母を建造し、機動部隊を再建してマーシャルを再び攻撃して来るだろう。そうなると、まさにイタチごっこだ。いつまで経ってもハワイを占領することができず、二、三度マーシャルで決戦をくり返すあいだに、空母の生産力の差でついに米軍に押し切られ、わが支配地域はどんどん後退していくことになる。……だからこちらの戦力が充実しているあいだにぜひともハワイを占領してしまう必要がある。マーシャルを抜かれたとしてもハワイを占領すればこちらの勝ちだ！」

「そ、それはそうでしょうが……」

　黒島がつぶやき、この男がいまひとつ納得していないとみた山口は、さらに口をつないだ。

「ならば、古《いにしえ》の戦《いくさ》から好例を挙げよう。きみも知っておろうが『官渡《かんと》の戦い』だ。……魏《ぎ》の曹操《そうそう》は一〇倍の兵力を持つ袁紹《えんしょう》と官渡で対峙したときに正面からの決戦に応じず、袁紹軍の兵糧集積地である烏巣《うそう》を急襲して大勝利をおさめた。烏巣急襲は伸《の》るか反《そ》るかの大バクチだったが、兵糧を奪われた袁紹軍は大混乱におちいり、結果的に曹操が劣勢をくつがえして大勝利をおさめた。……日本にとっての決戦場・マーシャルが官渡で、烏巣がハワイということになる。曹操が兵站《へいたん》の要《かなめ》となる烏巣へ急襲を仕掛けたように、わが軍もハワイを急襲し、これを占領してこそ、ようやく対米戦の勝利が見えて来る」

「……ですが、参謀長みずからが今おっしゃったように、ハワイが烏巣というなら、ハワイ急襲は伸るか反るかの大バクチです。空母兵力が拮抗しているとすれば、なにも、そうしたバクチを打つ必要はないはずです」

　すると山口は、一旦はうなずきつつも、即座に言い返した。

「いや、国力はわが方の一〇倍以上だ！　ちがうかね？」

「……それは、そのとおりです」

　黒島がすなおにうなずくと、山口もうなずき返して続けた。

「だからオアフ島を急襲できる空母兵力をわが方が維持しているあいだに、ハワイ作戦をやる必要があるのだ。歴然とした兵力差が付いてしまってからでは断じて遅い！」

黒島がこれに無言でうなずくと、山口が続けて言った。

「オアフ島を急襲し奇襲に成功すれば、真珠湾で米空母を一網打尽《いちもうだじん》にできる可能性もある。これがバクチだというなら、米国を相手に開戦を決めたこと、それ自体が大バクチだ！　いずれどこかの時点で大バクチに打って出、ハワイを占領しなければわが方に勝ち目はない！　兵は詭道《きどう》なり。曹操は正攻法にこだわらず、大バクチに打って出たからこそ勝機を手繰《たぐ》り寄せることができた。桶狭《おけはざ》間《ま》だってそうだ！　強大な敵を倒すには、一度はそうしたバクチをやらねばならん。……ドイツが米英を倒してくれるなら話は別だが……」

ナチス・ドイツのいきおいにはすでに陰りが見えており、イタリアが三国同盟から脱落するのはもはや時間の問題となっていた。

ドイツの勝利を当てに出来ない、ということは黒島も重々承知していた。だとすれば、日本はみずから活路を開いてゆくしかない。

「……ドイツは当てにできません」

黒島がそうつぶやくと、山口はあらためて言いきった。

「マーシャル決戦で勝つのが目的ではない。戦争自体に勝つことが目的だ。……マーシャル決戦で勝利したとしても、それは戦術的な勝利にすぎず海軍の自己満足でしかない。これは国家の命運を賭けた大戦争なのだ。国を勝たせるにはハワイを占領して戦略的な勝利をおさめ、活路を見い出すしかない！」

これが結論にちがいなかった。マーシャル戦で勝利しても戦争は終わらない。ハワイを占領してこそ唯一、終戦の可能性が出て来るのだ。

国力で劣る日本に寄り道している余裕はない。兵力が充実している時にハワイを直撃すべきというのはなるほどそのとおりにちがいなく、それで負けるようなら武運がなかったのだ。

「ハワイを突いてこの一戦に賭ける！　そのほうが、男らしくていいじゃないか……」

山口がそう言及すると、黒島も俄然《がぜん》意気に感じてこくりとうなずいた。

黒島もよくわかっていた、昭和一四年当時に軍令部で山口がハワイ占領計画に心血を注いでいたことを。改マル四計画で空母四隻を建造できたのはその賜物《たまもの》であり、大和型三、四番艦の建造を止めたからこそ、昭和一八年中に四空母とも建造できそうなのだ。

それだけではない。この六月には、米海軍の新型空母・エセックス級の動向を探るために、山口は海兵五四期卒業の中島親孝《なかじまちかたか》中佐を連合艦隊情報参謀に抜擢していた。この男を抜擢した効果はいまだ表れていないが、中島はこの夏を境に「エセックス級が動き出すはずです！」と黒島に早くも警鐘《けいしょう》を鳴らしていた。

そして艦載機だ。山口は艦載機の開発にもハワイ作戦の構想を取り入れ、航空本部に対して〝雷爆撃機〟の開発を優先的におこなうよう進言していた。それが昭和一五年ごろのことで、この構想が「二式艦上雷爆撃機」となって実を結び、同機はさらなる進化を遂げようとしていた。

――ハワイ作戦について参謀長ほど深く研究している者はいない！　よし、伸るか反るかこの一戦に賭けてやろう！

黒島もいよいよそう決意して、いま一度、深くうなずいたのである。

2

空母の建造は大事だ。しかし空母自体に敵艦を攻撃する能力はない。空母の攻撃力は〝艦載機の性能次第で決まる〟といってよい。

三菱の金星「六四型」エンジンが量産化にこぎ着けたのは昭和一八年初頭のことだった。二式雷爆撃機が装備する金星「五五型」エンジンの発展型で回転数を二七〇〇回転に引き上げ、一六五〇馬力の離昇出力を実現したのが金星「六四型」であった。

エンジン出力が約二割増しとなっている。エンジンの換装により、雷爆撃機のさらなる高速化と五〇〇キログラム爆弾による急降下爆撃を可能にしようというのが、その狙いだ。

エンジンの換装を容易にするため、発動機の直径が一二三〇ミリで統一されている。海軍空技廠長・和田操《わだみさお》中将からの指示によるもので、中島の誉エンジンや三菱のA20エンジンも一二三〇ミリの大きさで直径が統一されていた。

三菱や中島は当初、新型エンジンの直径をもっと小さくしようと考えていたが、それが無理な競争を生む原因となっていた。そこで和田空技廠長は、あえてエンジン直径をメーカー側の計画より大きめに指定し、信頼性の高いエンジンを確実に量産化しようと両社にはたらき掛けた。

新型機の開発は待ったなしのため、エンジンの直径を統一しておくと、開発途上にある試作機の馬力向上を短期間でおこなえる。その効果がはじめて発揮されようとしていたのが二式雷爆撃機のエンジン換装だった。

二式雷爆のエンジンを早速、金星「五五型」から「六四型」に換装してみたところ、新型機の最大速度は確実に二七〇ノット（時速・約五〇〇キロメートル）を上まわれそうだった。しかし、海軍側は速度向上よりも、五〇〇キログラム爆弾の搭載を重視してメーカーの愛知《あいち》にさらなる改良をもとめ、機体を強化したその結果、開発されたのが新型雷爆撃機「暁星」だった。

艦上雷爆撃機「暁星」／乗員二名（愛知）
・搭載エンジン／三菱・金星六四型
・離昇出力／一六五〇馬力
・全長／一一・二四メートル
・全幅／一四・二〇メートル
　主翼折りたたみ時／八・二〇メートル
・最大速度／二六二ノット
　／時速・約四八五キロメートル
・巡航速度／一八〇ノット
・航続距離／八七〇海里（増槽なし）
　／一三五〇海里（増槽×2）
・兵装①／五〇〇キログラム爆弾一発
　②／二五〇キログラム爆弾二発
　③／八〇〇キログラム爆弾一発
　④／八五〇キログラム魚雷一本
・武装①／一三ミリ機銃×二（主翼内）
　②／一三ミリ機銃×一（後上方）
※昭和一八年八月より量産開始。

二式雷爆の延長線上にある機体だが、「暁星」は主翼に逆ガル翼をすでに採用していた。
特筆すべきは、増槽を装備したときに発揮できる、大きな航続力である。

同機は、両翼下に二〇〇リットルの増槽を装備することができ、五〇〇キログラム爆弾一発もしくは二五〇キログラム爆弾二発を爆弾倉に収めた状態で増槽二個を装備すると、四五〇海里の攻撃半径を実現できるようになっている。ハワイ作戦を想定した翼下用の増槽で、オアフ島に対して遠距離から奇襲攻撃を仕掛けようというのが、その狙いであった。

　八月二日に実施した飛行テストで二六二ノットの最大速度を記録し、その後のテストでも五〇〇キログラム爆弾の急降下爆撃が可能であるということが証明されると、海軍航空本部はただちに同機の制式採用に踏み切り、八月二一日には愛知に対して「暁星」の量産を命じた。

　本格的な雷爆撃機といってよく、同機が量産化にこぎ着けた意義は大きかった。五〇〇キログラム爆弾による急降下爆撃と雷撃の両方をこなせるのだから、これで艦爆や艦攻を新たに開発する必要がなくなった。

　艦上雷爆撃機「暁星」の完成をもって、一四試艦攻（天山《てんざん》）の開発は中止され、一三試艦爆（彗《すい》星《せい》）の開発も取り止めとなり、一三試艦爆のほうは二式艦上偵察機に特化して開発と生産が続けられることになった。これは航空本部としても思い切った決断にちがいなかったが、「暁星」にはいまだ進化の余地が残されていたので当然の決断ともいえた。

　周知のとおり、中島の誉エンジンは金星と同じ一二三〇ミリの直径で開発が進められており、発動機を二〇〇〇馬力級の誉エンジンへ換装することによって、「暁星」はさらなる性能向上が期待できたのである。

一四試艦攻などの開発中止は航空機メーカーの負担を減らし、他の新型機の開発を急ぐためにも当然の措置だった。

艦上雷爆撃機「暁星」は九月中旬から順次、機動部隊に引き渡されて、母艦航空隊は二ヵ月以上にわたって、同機に慣れるための訓練をみっちり受けることになる。

3

一九四二年一二月以降、およそ二ヵ月に一隻のペースでエセックス級空母が竣工していた。

年明け七月までに「エセックス」「レキシントンⅡ」「ヨークタウンⅡ」「バンカーヒル」の四隻が竣工し、八月一六日には五隻目となる空母「イントレピッド」も竣工する予定となっていた。

これにインディペンデンス級軽空母「インディペンデンス」「プリンストン」「ベローウッド」「カウペンス」「モントレイ」の五隻と、補修を終えた空母「エンタープライズ」が加わり、九月はじめの時点で、アメリカ太平洋艦隊の作戦可能な高速空母は、大型空母五隻、軽空母五隻の計一〇隻となっていた。

八月竣工予定の「イントレピッド」も、年内に習熟訓練を終えて太平洋へ回航されて来ることになっている。

ニミッツ大将は、空母「エセックス」のパールハーバー到着を待って五月三〇日に「中部太平洋艦隊」を創設し、その司令官に同日付けで中将に昇進したレイモンド・A・スプルーアンス提督を任命した。スプルーアンス中将は重巡「インディアナポリス」に将旗を掲げている。

　また、ニミッツ大将は中部太平洋艦隊の指揮下に「第五〇機動部隊」を編成、高速空母一〇隻を率いる指揮官にチャールズ・A・パウネル少将を任命して、パウネルは空母「ヨークタウンⅡ」に将旗を掲げた。

　五月に空母「サラトガ」を失ったのは大きな痛手にちがいなかったが、ニミッツ大将には、これら新型空母を南太平洋戦線へ小出しに派遣するという考えはさらさらなかった。

　空母兵力を充分にそろえ、着実に練度を上げてから、中部太平洋正面を一気に横断してゆこうというのであった。

　その手始めとして、パウネル空母群はマーカス島（南鳥島《みなみとりしま》）、ウェーク島、ギルバート諸島などにヒット・エンド・ラン攻撃を仕掛けて乗員と母艦航空隊の練度を上げていった。

　これらの作戦は、攻略部隊をともなわない一過性の攻撃にすぎないが、新米搭乗員に実戦経験を積ませるのにきわめて効果的だった。また、こうした機動作戦にも随時、ウィリス・A・リー少将の率いる高速戦艦五隻「ワシントン」「ノースカロライナ」「サウスダコタ」「インディアナ」「マサチューセッツ」が参加しており、空母を中心とした艦隊運用術を確立し、機動部隊を組織化するのに大いに役立った。

　そしてなにより、これら高速空母群の搭載する艦上機は、すべて新型機に世代交代していた。F6Fヘルキャット戦闘機、SB2Cヘルダイヴァー急降下爆撃機、TBFアヴェンジャー雷撃機である。構造上の欠陥をかかえていたヘルダイヴァーは間に合うかどうか危ぶまれたが、一〇月には全母艦に配備することができた。

そして最後に、空母「バンカーヒル」と「プリンストン」の二隻をハルゼー第三艦隊の指揮下へ編入して一一月一日、二日にブーゲンヴィル島の日本軍基地を空襲。これをもって機動作戦の総仕上げとすると、ニミッツ大将はいよいよ本格的な反攻作戦を開始することにした。

ギルバート諸島の奪還を目的とする「ガルヴァニック作戦」である。

上陸部隊を伴う真の反攻作戦だ。

先のガ島をめぐる「ウォッチタワー作戦」は日本軍の支配地域に楔を撃ち込むための攻勢防御にすぎなかったが、これ以降は、中部太平洋を横断してアメリカ軍の支配地域を拡大、日本軍を西へ西へと追い詰めてゆく。

その牽引役となるのはむろん第五〇機動部隊だが、ニミッツ大将は、中部太平洋艦隊の指揮下に新たに「第五四任務部隊」を編成。旧式戦艦七隻や護衛空母八隻なども惜しげなく、その指揮下に加えた。

いわゆる水陸両用部隊で、これら旧式戦艦群や護衛空母などで海兵隊のギルバート上陸を支援しようというのだが、護衛空母の艦載機も二〇〇機ちかくに及び、第五〇機動部隊の六五〇機にエリス諸島配備の陸軍機・約二〇〇機を加えると、ニミッツ大将は、優に一〇〇〇機以上の航空兵力を本作戦に動員しようとしていた。

対する日本軍は、マーシャル、ギルバート諸島配備の基地航空兵力に機動部隊の兵力を加えてもせいぜい七〇〇機程度で、とても一〇〇〇機という数字には及ばなかった。

そして今や、中部太平洋艦隊の艦艇数は空前の域に達している。

その兵力は、大型空母五隻、軽空母五隻、護衛空母八隻、新型戦艦五隻、旧式戦艦七隻、重巡九隻、軽巡五隻、駆逐艦五六隻。これら計一〇〇隻に二九隻の輸送船と貨物船、多数の上陸用舟艇が加わっていた。

まさにパールハーバーを埋め尽くすほどの大艦隊兵力である。

作戦準備がすっかりととのうと、ニミッツ大将は満を持して「ガルヴァニック作戦」を発動。全部隊の先頭を切ってパウネル少将の空母群がパールハーバーから出撃した。

それは、ギルバート現地時間で一一月一一日のことだった。

第五章　第二機動部隊出撃

1

　ソロモン、ニューギニア戦線は予断をゆるさぬ状況となっていた。

　帝国陸軍はブナの奪還に成功したものの、ダグラス・マッカーサー大将の米陸軍は一一月初旬にはポートモレスビーの航空兵力を四〇〇機余りに回復させていた。

　これに対して、ラバウルには二〇〇機の海軍機が在り、陸軍も八月に「第四航空軍」を新編してニューギニア戦線に二〇〇機余りを展開していたが、ブナ上空に来襲する米軍機は日増しに増えており、このままではガ島の二の舞いとなることが目に見えていた。米軍の機材補充ペースが速すぎて到底、追い付けないのだ。

　また、ソロモン戦線では、一時、八〇機以上に回復していたブイン航空隊の兵力も再び四〇機を割り込むまでに減少し、一〇月中旬にはついにコロンバンガラ島（ブーゲンヴィル島の南東）が米軍の勢力圏下に落ちてしまった。

　米軍は一一月はじめに早くもコロンバンガラ島に飛行場を完成させて圧力を強めて来る。ラバウルから支援を受けて、ブイン航空隊はかろうじて同地に踏みとどまっていたが、米軍がブーゲンヴィル島へ上陸して来るのは、もはや時間の問題となっていた。

米軍航空隊の圧力を退けるには機動部隊でもう一度ポートモレスビーやガ島を空襲するのが最も手っ取り早い。陸軍は海軍に対してさかんに機動部隊の出動をもとめていたが、連合艦隊はハワイ作戦を目前にしており、まったくそれどころではなかった。

けれども、ハワイを攻略するには陸軍の協力が絶対に欠かせない。陸軍の要請をむげに断るわけにもいかず、軍令部・第一部長の上阪香苗少将はハワイ作戦終了後に機動部隊で必ず〝ポートモレスビーを空襲する！〟と約束し、参謀本部もそれでようやく矛をおさめた。

「とにかくハワイを攻略しないことにはいつまで経ってもイタチごっこです。ハワイさえ占領することができれば、豪北方面への米軍の航空増援も劇的に減少するはずです」

上阪が懇々と説き続けると、参謀本部・第一部長の真田《さなだ》穣一郎《じょういちろう》少将もハワイが先決であることをついに認めた。

そして、一一月はじめには大本営もハワイ作戦を決定し、二個師団（第五、第七師団）の動員を決めた。またこの決定を受け、山本五十六大将は一一月二〇日付けで、連合艦隊の編制を一新したのである。

◎連合艦隊　司令長官　山本五十六大将
（瀬戸内海）　同参謀長　大西瀧治郎中将
・独立旗艦「武蔵」
・第一戦隊　司令官　宇垣纒中将
　戦艦「大和」「長門」「陸奥」
・第一〇戦隊　司令官　木村《きむら》進《すすむ》少将
　軽巡「長良」「名取《なとり》」　駆逐艦四隻

〔第二艦隊〕　司令長官　栗田《くりた》健男《たけお》中将
（トラック）　同参謀長　小柳冨次《こやなぎとみじ》少将
・第四戦隊　司令官　栗田中将直率
　重巡「愛宕《あたご》」「高雄《たかお》」「摩耶《まや》」
・第五戦隊　司令官　橋本信太郎《はしもとしんたろう》少将
　重巡「妙高」「羽黒」「足柄《あしがら》」
・第九戦隊　司令官　鶴岡信道《つるおかのぶみち》少将
　軽巡「北上《きたかみ》」「大井《おおい》」
・第四水雷戦隊　司令官　中川浩《なかがわこう》少将
　軽巡「阿武隈《あぶくま》」　駆逐艦一二隻
〔第一機動艦隊〕司令長官　小沢治三郎中将
（トラック）　同参謀長　山田定義少将
・第一航空戦隊　司令官　小沢中将直率
　装空「大鳳」　空母「飛鷹」「隼鷹」
・第四航空戦隊　司令官　城島高次《じょうじまたかつぐ》少将
　軽空「龍鳳」「千歳」「千代田」

・第三戦隊　司令官　鈴木義尾《よしお》中将
　戦艦「金剛」「榛名」「比叡」「霧島」
・第七戦隊　司令官　西村祥治《にしむらしょうじ》中将
　航巡「最上《もがみ》」「鈴谷《すずや》」「熊野《くまの》」
・第一水雷戦隊　司令官　伊崎俊二《いざきしゅんじ》少将
　軽巡「阿賀野《あがの》」　駆逐艦一六隻
〔第二機動艦隊〕司令長官　山口多聞中将
（瀬戸内海）　同参謀長　有馬正文《ありままさふみ》少将
・第二航空戦隊　司令官　山口中将直率
　装空「魁鳳」　空母「翔鶴」「瑞鶴」
・第三航空戦隊　司令官　松永貞市《まつながさだいち》中将
　空母「慶鶴」「雲鶴」　軽空「瑞鳳」
・第八戦隊　司令官　田中頼三少将
　重巡「利根」「筑摩」
・第二水雷戦隊　司令官　早川幹夫《はやかわみきお》少将
　軽巡「能代《のしろ》」　駆逐艦一二隻

〔第九艦隊〕　司令長官　原忠一中将
（瀬戸内海）　同参謀長　松本毅《まつもとたけし》 大佐
・第五航空戦隊　司令官　原中将直率
航戦「伊勢《いせ》」「日向《ひゅうが》」「山城《やましろ》」
・第六航空戦隊　司令官　大林末雄《おおばやしすえお》少将
護空「雲鷹《うんよう》」「大鷹《たいよう》」「冲鷹《ちゅうよう》」
・第一四戦隊　司令官　伊藤賢三《けんぞう》少将
軽巡「五十鈴《いすず》」「鬼怒《きぬ》」
・第三水雷戦隊　司令官　木村昌福《まさとみ》少将
軽巡「矢矧《やはぎ》」　駆逐艦一二隻
〔第四艦隊〕　司令長官　小林仁《まさし》 中将
（トラック）　同参謀長　鍋島俊作《なべしましゅんさく》 少将
旗艦／軽巡「鹿島《かしま》」
▽第二海上護衛隊　司令官　若林清作《わかばやしせいさく》中将
・第一五戦隊　司令官　若林中将直率
軽巡「多摩《たま》」「木曾《きそ》」

・第七航空戦隊　司令官　野元為輝大佐
護空「海鷹《かいよう》」
・第一一水雷戦隊　司令官　高間完《たかまたもつ》 少将
軽巡「龍田《たつた》」　駆逐艦八隻
〔第一航空艦隊〕　司令長官　角田覚治中将
（トラック）　同参謀長　矢野英雄《やのひでお》少将
旗艦／軽巡「大淀《おおよど》」
・第一一航空戦隊　司令官　角田中将直率
（トラック基地／ハワイ作戦支援）
・第一二航空戦隊　司令官　市丸利之助《いちまるりのすけ》少将
（ブラウン基地／ハワイ作戦支援）
・第一三航空戦隊　司令官　伊藤良秋《よしあき》少将
（クェゼリン基地／防衛）
・第一四航空戦隊　司令官　澄川道男《すみかわみちお》少将
（クェゼリン基地／哨戒）

○南東方面艦隊　司令長官　草鹿任一《じんいち》中将
（ラバウル）　同参謀長　草鹿龍之介少将
〔第一一航空艦隊〕司令長官　草鹿中将兼務
・第二一航空戦隊　司令官　上野敬三《うわのけいぞう》少将
（ラバウル基地／防衛）
・第二二航空戦隊　司令官　長谷川喜一少将
（ラバウル基地／防衛）
・第二三航空戦隊　司令官　山田道行《みちゆき》少将
（ブーゲンヴィル基地／防衛）
〔第八艦隊〕　司令長官　鮫島具重《さめじまともしげ》中将
（ラバウル）　同参謀長　山澄貞次郎《やまずみていじろう》少将
旗艦／重巡「鳥海《ちょうかい》」
・第六戦隊　司令官　左近允尚正《さこんじょうなおまさ》少将
重巡「青葉《あおば》」「衣笠《きぬがさ》」
・第一六戦隊　司令官　清田孝彦《きよたたかひこ》少将
軽巡「那珂《なか》」「川内《せんだい》」　駆逐艦八隻

連合艦隊参謀長は一一月一日付けで山口多聞中将から大西瀧治郎中将に交代した。大西はこれまで航空本部・総務部長を務めていたが、五月一日に中将へ昇進しており、山口中将のあとを受けて山本大将の女房役となった。

この一一月五日には「千代田」が軽空母となって改造工事を完了し、翔鶴型四番艦の「慶鶴」も予定どおり一一月一五日には竣工していた。

山本大将は両空母の完成を待って連合艦隊を再編制し、新たに「第二機動艦隊」を設けて、その司令長官に山口多聞中将を任命した。

第一機動艦隊長官は引き続き小沢治三郎中将が務めているが、第二機動艦隊のほうがどちらかといえば強力な編制になっている。翔鶴型空母は四隻とも〝第二〟の指揮下に編入されていた。

理由は明白で、なにをかくそう今回新編された山口・第二機動艦隊こそが次期ハワイ作戦の牽引役となって〝真珠湾奇襲作戦〟を実施することになっていたからである。換言すれば、山本大将は日米開戦時に封印した「真珠湾攻撃」を、いよいよ〝この冬〟にやると決め、そのために第二機動艦隊を新編して司令長官に山口多聞を起用したのであった。

中将に昇進してからちょうど一年が経過しており、山口多聞には艦隊司令長官に就任する資格があった。ひさしぶりの艦隊勤務だ。山口はもとより〝真珠湾を奇襲する〟つもりで、第二機動艦隊長官の職を拝命していた。

かたや、小沢中将の第一機動艦隊はトラックで米軍機動部隊の来襲にそなえていると見せ掛けてじつは、ハワイ攻略の準備を進めていた。

第二機動艦隊が奇襲に成功してはじめてトラックもしくはブラウンなどから出撃するのだが、それまで第一機動艦隊はトラックに居すわり続けていわゆる〝おとり〟の役目を果たす。日本軍機動部隊は〝トラックを根城にしている〟と思わせて米軍機動部隊をマーシャルなどに引き寄せ、その間に、第二機動艦隊でハワイを奇襲しようというのであった。

米軍の注意を第一機動艦隊のほうへ向けさせるために、小沢中将の旗艦は「大鳳」のままにしてある。日本軍機動部隊の主力（旗艦「大鳳」）がトラックで〝じっとしている！〟と米軍に思わせるための策略だ。そして入念なことに、奇襲作戦に参加する「翔鶴」「瑞鶴」の電信員と、奇襲作戦に参加しない「飛鷹」「隼鷹」の電信員を、今回の人事でそっくり入れかえていた。

電信員には各々《おのおの》、電鍵を叩くときの癖というものがある。その癖によって〝あたかも「翔鶴」「瑞鶴」が「大鳳」と一緒にトラックで碇泊しているかのように〟よそおい、敵の注意を第二機動艦隊から逸《そ》らそうというのだ。

その上で山口中将の旗艦「魁鳳」と松永中将の旗艦「慶鶴」は極力、電波の発信をひかえるようにしていた。とくに連合艦隊司令部や軍令部とのやり取りは電波を使わぬよう制限していた。

そのため両空母はいまだ日本近海でしか行動しておらず、もちろん実戦にはまったく参加していない。米軍は、「魁鳳」「慶鶴」の存在にすら気づいていない可能性があり、だとすれば、第二機動艦隊の行動を秘匿《ひとく》できる可能性はかなり高いと思われた。「雲鶴」ではなく「慶鶴」を、松永中将の旗艦にしたのもそのためである。

ちなみに、このたび第三航空戦隊司令官に起用されて山口・第二機動艦隊の指揮下へ入った松永貞市中将は、昭和一八年一一月一日付けで中将に昇進していた。

2

一一月二〇日。連合艦隊が編制を改めたまさにこの日、米軍・第五〇機動部隊がギルバート諸島の日本軍基地を空襲。翌二一日には早くも米軍はマキン、タラワ両島に上陸して来た。

米軍から猛攻を受け、マキン守備隊は二三日の未明に玉砕。タラワでは日本軍守備隊の反撃に遭い、海兵隊が海岸にたどり着けないという事態が発生するも、二二日・午後に形勢が逆転。タラワ守備隊も二三日・夜には玉砕した。

ギルバート空襲の一報を受け、小沢中将の第一機動艦隊はトラックからの出撃を企図したが、給油作業に時間を取られ、実際に出撃可能となったのは二一日・正午前のことだった。

それでも小沢中将は出撃を命じたが、それからまもなくして米軍がマキン、タラワ両島に上陸し始めたことがわかった。連合艦隊司令部はその直後にギルバート防衛は困難になったと判断し、機動部隊による救援をあきらめて、第一機動艦隊にトラックへ引き返すよう命じた。

トラックからギルバートまでは一二五〇海里も距離が離れており、到着にたっぷりまる二日ほど掛かる。二三日・午後に第一機動艦隊がギルバート沖へ達したとしても、上陸した米兵を追い落とすことはできず、マキン、タラワ両島を守り切るのはほぼ不可能にちがいなかった。

海軍は機動部隊による救援をあきらめたが、決してやられっ放しではなかった。

二一日・朝には、マーシャルのルオット基地から発進した一式陸攻一四機が、軽空母「インディペンデンス」に雷撃を敢行し、見事、魚雷二本を命中させて同艦を撃沈した。

また、二四日・早暁《そうぎょう》には、マキン沖へ達した潜水艦「伊一七五」が護衛空母「リスカムベイ」を雷撃し、同艦を沈めることに成功した。護衛空母群の旗艦「リスカムベイ」にはヘンリー・H・ムリニクス少将が座乗しており、ムリニクス少将は六五〇名に及ぶ将兵とともに海へ沈み、還らぬ人となった。

これは米海軍にとって本作戦中、最大の損失となったが、マーシャルの帝国海軍・基地航空隊は米空母にさらなる出血を強《し》いた。

ギルバート諸島占領後、一旦、東方へ退いて給油を完了した第五〇機動部隊は、次のマーシャル攻略作戦を見すえて、一二月五日にマーシャルの日本軍基地を空襲した。しかし、この日・夜、ブラウン基地から応援に駆け付けていた一式陸攻八機がルオット基地から飛び立ち、夜間雷撃を敢行して見事、空母「レキシントンⅡ」に魚雷一本を命中させたのだ。

当初の計画では翌日もマーシャルを空襲する予定となっていたが、「レキシントンⅡ」が傷付いてしまい、航空隊の被害も大きいことから、パウネル少将は六日の空襲をあきらめて引き揚げを命じた。そして、第五〇機動部隊は一二月九日（ハワイ時間）にパールハーバーへ帰投して来るが、このことが後日、パウネル少将の更迭《こうてつ》につながるのであった。

マーシャルの現地海軍部隊は、機動部隊の応援を受けずに基地航空隊と潜水艦による反撃で、空母「レキシントンⅡ」に中破にちかい損害をあたえ、軽空母「インディペンデンス」を見事に撃沈してみせたが、連合艦隊司令部にとっての収穫はそれだけではなかった。

米軍が「ガルヴァニック作戦」に熱中していたこの二週間余りにわたって、連合艦隊情報参謀の中島親孝中佐は「武蔵」の通信室で米軍の通信にかじり付きとなり、米空母の呼び出し符号や敵の通信系図の分析を徹底的におこない、米軍機動部隊の動向をほとんどつかめるようになっていたのである。

「米軍機動部隊は、一二月一〇日（日本時間）に真珠湾へ帰投する、と中島が申しております」

「……本当かね？」

参謀長の大西中将は、首席参謀の三和義勇《みわよしたけ》大佐から報告を受けると、思わず眉をひそめたが、米軍のギルバート来襲を、中島が早くから予想していたことを思い出し、これを境にして、いよいよ中島を〝信じるしかないな……〟と、思い始めたのだった。

そして一二月一二日には、中島は三和に対して強く進言した。

「次は必ずマーシャルに来ます！」

三和がそれを報告すると、大西はついに中島を参謀長室へ呼び出し、じかに問いただした。

「なぜマーシャルに来る、とわかる？」

「米軍が、占領したギルバートに航空兵力を集めようとしているからです」

「ほう。しかし、なぜきみに、そのようなことがわかるかね？」

大西が首をかしげるのも当然だが、中島はなにくわぬ表情でこれに答えた。

「一ヵ月ほど前からオアフ島――エリス諸島間の敵信が極端に増えて、その先に在るギルバートがご承知のとおり攻撃を受けました。ですが、今度はオアフ島――ギルバート諸島間の敵信が極端に増えており、その先に在《あ》るマーシャルが狙われていると考えたのです」

大西はこくりとうなずいた。順番からいっても次はマーシャルが危ないということはだれにでも想像できる。それに米軍は、せっかく占領したギルバートを日本に奪い返されないよう、時を移さずマーシャルを攻略して来る、とみるのが、どう考えても自然であった。

するとと大西は、いま一度うなずき、いつになく真剣な面持《おもも》ちで中島に問うた。

「では訊くが、敵機動部隊はいつ、マーシャルに来襲するかね？」

「……それはさすがに難問です！　正直なところわかりません」

大西もそうだろうと思ったが、中島はにわかに口をつないだ。

「ですが……」

「ですが、なんだね!?」

大西が即座に突っ込む。すると中島は「あくまで推測ですが」と断った上で、おもむろに持論を述べた。

「米軍機動部隊はギルバート攻撃で航空兵力をかなり消耗し、主力空母の一部も傷付いているはずです。戦力を立てなおすのにおそらく一ヵ月ほど掛かるのではないでしょうか……」

「うむ。そうかもしれん」


大西は、頭ごなしには否定せず、まずはうなずいた。中島が続ける。

「それに小型ながらも空母二隻を失い、米軍機動部隊の戦力は現在、ギルバート攻撃時よりもあきらかに低下しております。マーシャルの防備はギルバートより強固ですから、戦力が低下したままの状態で敵機動部隊がマーシャルをごり押しして来るとは思えません。私はそう思いますが、ちがうでしょうか？」

中島がそう反問すると、大西もすぐにうなずいてみせた。

「ああ。敵はギルバート攻撃時よりも戦力を一段と強化して来るにちがいない」

中島もうなずきつつ、俄然《がぜん》、目をほそめて切り出した。

「私に、ひとつ気づいたことがあります」

「ほう……。なんだね？」

「米海軍はこの八月に、五隻目となるエセックス級空母（イントレピッド）を竣工させておりますが、これはいまだ太平洋へ回航されておらず、ギルバート攻撃にも参加しておりません」

「なるほど。……しかし、それは確かかね？」

大西が感心しながらもそう訊《き》き返すと、中島ははっきりと断言した。

「はい。軍令部・米国班長の実松（譲中佐）さんにも確認しておりますので、そのことはまちがいございません！」

中島の言うとおりで空母「イントレピッド」は一二月六日に東海岸のノーフォーク工廠から出港し、数日後にパナマ運河へ入ろうとしていた。つまり習熟訓練と最終検査をようやく終えて、太平洋へ今、回航されようとしていたのである。

中島の説明に大きくうなずくと、大西は先回りして言った。

「ははあ、米軍機動部隊はその五隻目のエセックス級を戦力に加えてから、マーシャルを攻撃して来る、というのだな？」

「おっしゃるとおりです！」

中島が深々とうなずくや、大西も確信に満ちた表情でつぶやいた。

「だとすれば、その五隻目が鍵を握っている。真珠湾に到着するのは、いつかね？」

これには中島も慎重に答えた。

「私もその動向にずっと注目していましたが、いまだパナマ運河を通過しておらず、オアフ島敵司令部は一刻も早く同艦を真珠湾へ到着させようと何度も督促電を発しております。……実松さんの見解も、私と同じです」

　すると大西は深くうなずき、確信めいた表情でいよいよつぶやいた。

「いまだパナマを通過していないとすると、あと一ヵ月は掛かるな……」

「そうです！　五隻目のエセックス級が真珠湾に到着するのは早くても年明け一月初旬ごろになるはずです。……敵機動部隊が（マーシャルへ向けて）真珠湾から出撃するのは一月中旬以降になるとみます！」

　そうにちがいなかった。いや、いずれにしても推測の域は出ないが、二人はもはや〝この考えに賭けるしかない！〟と思った。

　大西は眼を光らせ中島の考えに同意すると、参謀副長の小林謙《けんご》五少将（海兵四二期卒業）を呼び付けて、ただちに全幕僚を招集するよう命じたのである。

3

　連合艦隊の幕僚が旗艦「武蔵」の作戦室に集まり、作戦会議が開かれたのは一二月一二日・午後一時のことだった。

　小林参謀副長が会議の進行役を務め、中島情報参謀の状況分析をつまびらかに説明すると、それを受けて大西参謀長が、気合いたっぷりの表情で宣言した。

「いよいよ一月初旬に、第二機動艦隊でハワイをやる！　今、聴いてもらったとおりだが、反対の者はいるかね？」

　みなが中島の仕事を信用しており、もはやその考えに賭けるしかないと思っていた。それを察して、三和首席参謀が代表して答えた。

「いえ、賛成です！　ぜひともやりましょう」

大西はこれに深々とうなずき、作戦参謀・樋端《といばな》久利雄《くりお》大佐のほうへ顔を向け、あらためて指示をあたえた。

「時間があまりない！　早急に具体案を作成してもらいたい。……三日で出来るかね？」

「はあ、やってみましょう」

なんとも頼りない返事だが、樋端はいつもこの調子で軽々と仕事を片付ける。だから、だれも心配していなかった。

そしてみなの期待どおり、樋端はわずか一日半で「真珠湾攻撃」の作戦計画を立案し、一四日の朝には大西中将に提出した。

「おう、早いな！　さすがだ」

大西は喜色満面となったが、樋端にしてみればこれぐらいの仕事は朝めし前だった。

昭和一六年に作成されていた当時の案は計画をまとめるのにずいぶん参考になったし、近いうちに大西参謀長からこうした指示があるものと予期して、樋端自身も「真珠湾攻撃」の研究をしっかり深めていた。頭のなかではすでに案が出来上がっており、それをほとんど字面《じずら》にまとめるだけで済んだのだ。

「年をまたいでの出撃になります」

樋端はそれだけ言うと、大西が読み終えるまでぽかんと天井を見上げていた。

たっぷり一〇分ほど経過して、ようやく大西が口を開いた。

「第一撃（第一波、第二波攻撃隊）は、爆撃のみとなっておるが、雷撃はやらんのかね？」

「はい。暁星は五〇〇キログラム爆弾でやれますので、空母ならそれで潰《つぶ》せます」

「たとえ真珠湾に戦艦が碇泊しておったとしても
それは無視するのだな」
大西がそう念を押すと、樋端は、目をぱちくり
させながら答えた。
「首尾よく奇襲に成功し、オアフ島へ近づくこと
ができれば、第二撃では雷撃もやります」
魚雷を装備した場合、暁星の攻撃半径は三〇〇
海里を切るし、両翼下に二〇〇リットルの増槽を
追加装備することもできなかった。そのため樋端
は、第一撃での雷撃を端から除外し、暁星の航続
距離を延ばして、まずは〝奇襲に賭けよう！〟と
考えていたのだった。
大西はこくりとうなずき、もうひとつだけ問い
ただした。
「護衛に付ける戦艦は四隻もしくは二隻となって
おるが、これは早急に決める必要がある」
「はい。今日にも山口中将の考えを伺い、それで
決めるつもりです」
「よし、わかった！　あとは、この計画どおりで
申し分ない！　すぐに（山本）長官の許可をもら
って来る。……ご苦労だが、その足で『魁鳳』へ
行き、山口の考えを訊いてもらおう」
そう告げると大西は、樋端を参謀長室に残した
まま出てゆき、それから一〇分と経たずしてもど
って来た。
「おい。……『武蔵』は出撃せんのかね、と（長
官に）訊かれたが、おれが首を振るとすこし残念
そうな顔をされた。……それだけだ！　きっちり
許可をもらったよ」
するとと、樋端ははじめてにこりと笑い、大西に
深々と頭を下げて第二機動艦隊の旗艦「魁鳳」へ
と急いだ。

山口中将の座乗艦「魁鳳」は「武蔵」の近くで碇泊していた。連合艦隊の牙城、呉の柱島泊地である。

繋留ブイには電力線や電話線がつながれているので「武蔵」と「魁鳳」は有線の電話で会話することもできるが、連合艦隊はやはり作戦参謀の樋端大佐を派遣して山口中将に直接、作戦の詳細を説明することにした。

「いよいよ出撃していただきます。第二機動艦隊を基幹とする作戦部隊を第二機動部隊とし、第二機動部隊は一二月二六日までに択捉島《えとろふとう》・ヒトカップ湾で集結していただきます。……出撃は二九日です！　ヒトカップ湾出撃後、途中、洋上給油を二度おこない、ハワイ時間の一月九日・未明にオアフ島の北方四八〇海里付近から攻撃隊を出していただきます」

樋端の説明を聴き終えると、山口が即座に訊き返した。

「攻撃日の一月九日は日曜日だね？」

「はい、日曜日です」

作戦準備は万事ととのっていた。指揮下に在る六空母のうち主力空母五隻には一〇月中に暁星が行き渡っており、搭乗員はみな二ヵ月以上にわたって厳しい訓練をこなし、ハワイ作戦を想定した演習も数回実施していた。

第二機動艦隊には、実戦経験のある優秀な搭乗員が優先的にまわされ、航空隊の練度はまったく申し分ない。一二月はじめには作戦可能となっており、山口はこの日が来るのを心待ちにしていたのだった。

気合いたっぷりの表情で山口がうなずくと、樋端も頼もしく思い、肝心の質問をぶつけた。

「ところで、戦艦の護衛は必要ですか?」

「うむ。もらえるなら頂戴しよう。ただし高速の金剛型戦艦に限る」

山口が即答すると、樋端はうなずきつつさらに訊いた。

「四隻とも必要ですか?」

すると、山口はすこし考えてから応じた。

「いや、二隻で充分だ!」

この答えは、樋端の頭のなかにあった考えとぴったり一致していた。いよいようなずいて樋端は即座に返した。

「では、『比叡』と『霧島』を二六日までにヒトカップ湾へ入れるよう、手配しておきます」

これでハワイ作戦に出撃する、第二機動部隊は空母六隻、戦艦二隻、重巡二隻、軽巡一隻、駆逐艦一二隻の陣容となった。

これら二三隻の戦闘艦に、補給部隊の高速タンカー八隻と哨戒部隊の潜水艦三隻を加えて、ハワイ作戦の参加艦艇数は全部で三四隻となることが確定した。

そして、樋端が念のため、ほかになにかないか尋ねると、山口はひとつだけ訊いた。

「いや、万事不足はないが、『武蔵』は出撃するのかね?」

山本長官と〝同じ質問だ……〟と思い、樋端はひそかに苦笑したが、ここはこらえてきっちりと説明した。

「いえ、真珠湾攻撃の白黒がはっきりするまでは呉で指揮を執り続けます。ただし、『大和』以下の戦艦三隻は第二艦隊(在トラック)の指揮下へ編入しておき、第九艦隊も年明け早々にはトラックかブラウンへ進出させる予定です」

「うむ、同感だ！　『武蔵』は下手に動かぬほうがいいだろう」

二年越しの「真珠湾攻撃」だ。二年も待たされた山本五十六としては感慨も一入《ひとしお》で、待望の作戦がようやく本決まりとなった。

国家の盛衰を賭けた大戦《おおいくさ》である。

連合艦隊の総力を結集してこの一戦に臨み、天が味方して第二機動部隊が奇襲に成功すれば、トラックやブラウンから第一機動艦隊や第二艦隊なども出撃させて、一気にハワイを攻略してやろうという計画になっていた。

山口、樋端両名の話し合いで作戦方針がすっかり固まると、翌日から連合艦隊の歯車が勢いよくまわり始めた。さすがの山本も、ひそかに鼓動の高まりを感じていた。

作戦が本決まりとなったあとも、母艦航空隊は二〇日まで訓練を続けていたが、第二機動艦隊の空母六隻は、訓練のために一旦陸上基地へ上げていた艦載機を二二日までにすべて収容し、残る艦艇を従えて二五日・夕刻には、無線封止を敷いたままヒトカップ湾に入港した。

また、それを追い掛けるようにして二六日・正午過ぎには、予定どおり戦艦「比叡」「霧島」も最果ての湾内へすがたを現し、作戦参加艦艇はいよいよ「第二機動部隊」を編成して、一斉に重油の補給を開始した。

湾の背後にそびえる西単冠山《にしひとかっぷさん》は頂から裾野まですでに真っ白な雪で覆われている。周囲は一面の銀世界だ。まばゆい光の反射を受け、空母六隻の飛行甲板ではきれいに整列した零戦や暁星が、きらきらと輝いていた。

第二機動部隊　指揮官　山口多聞中将
第二航空戦隊　司令官　山口中将直率
・装空「魁鳳」　搭載機数・計七二機
（零戦三三、暁星三六、艦偵三）
・空母「翔鶴」　搭載機数・計七五機
（零戦二七、暁星四五、艦偵三）
・空母「瑞鶴」　搭載機数・計七五機
（零戦二七、暁星四五、艦偵三）
第三航空戦隊　司令官　松永貞市中将
・空母「慶鶴」　搭載機数・計七五機
（零戦二七、暁星四五、艦偵三）
・空母「雲鶴」　搭載機数・計七五機
（零戦二七、暁星四五、艦偵三）
・軽空「瑞鳳」　搭載機数・計二八機
（零戦二七、艦偵一）

※零戦はすべて五二型。艦偵は二式艦偵。

空母六隻を擁する、第二機動部隊の航空兵力は零戦一六八機、暁星二一六機、二式艦偵一六機のちょうど四〇〇機。

零戦は「五二型」に世代交代しており、第二機動部隊の六空母へ優先的に配備された。五二型の最大速度は時速五六〇キロメートルを超え、二〇ミリ機銃の携行弾数も各挺一二五発ずつに増やされていた。

軽空母「瑞鳳」は暁星を搭載していない。両翼下に増槽を追加装備すると、飛行甲板の短い「瑞鳳」では発艦がむつかしくなるためで、主力空母五隻には二〇〇リットルの翼下用・増槽がすべて行き渡っていた。

給油作業は二日で完了した。

冬至（二三日）にちかく、北半球では一年のなかで最も昼の時間が短い。しかも択捉島は緯度が高いため、現地時間（日本時間＋五〇分）の午前七時三六分に日の出を迎える。

そして、出立《しゅったつ》の時が来た。

一二月二九日・午前八時。第二機動部隊の全艦艇が一斉にエンジンを始動し、ヒトカップ湾から次々と出撃し始めた。

山口中将の座乗艦・空母「魁鳳」は空母群の先頭を切って出撃し、午前八時三〇分には太平洋へ打って出た。

その約三〇分後、参謀長の有馬正文少将が「全艦無事、出撃しました！」と報告すると、山口は大きく〝よし〟とうなずいて一八ノットで定針を命じ、第二機動部隊はハワイ北方洋上をめざしていよいよ進軍を開始したのである。

空は晴れていたが、風が強く、「魁鳳」の舳先《へさき》を白い波が激しく嚙《か》んでいた。

第六章　米空母一〇隻在泊

1

ニミッツ大将の太平洋艦隊はマーシャル諸島の攻略をめざす「フリントロック作戦」に一二隻の高速空母を動員しようとしていた。

大型空母六隻と軽空母六隻である。

五月に空母「サラトガ」を失い、先の「ガルヴァニック作戦」で「レキシントンⅡ」も損傷したため、五隻目のエセックス級空母「イントレピッド」の作戦参加がどうしても欠かせない。

ニミッツ司令部の要請に応じて「イントレピッド」の太平洋回航はことのほか急がれて、同艦は一月はじめにはパールハーバーへ到着する予定となっていた。

だが、「イントレピッド」を加えても大型空母は五隻にしかならない。そこで損傷した「レキシントンⅡ」を西海岸へもどさずパールハーバーで修理することにし、ニミッツは工廠に対して同艦の修理を一ヵ月で終えるようもとめた。

この要請に工廠長は簡単ではないが必ず成し遂げると応じ、「レキシントンⅡ」と「イントレピッド」を機動部隊に加えて、大型空母は予定どおり六隻を準備できそうだった。

かたや軽空母も、「インディペンデンス」を失ってしまい、「ガルヴァニック作戦」を終えた時点で作戦可能なものは四隻となっていた。

しかし軽空母は、七月に「キャボット」が、八月にも「ラングレイ」が竣工しており、これら二隻が年内にパールハーバーへ到着して機動部隊に加わっていた。

周知のとおり「ガルヴァニック作戦」には一〇隻の高速空母を動員していたが、これで「フリントロック作戦」には一二隻を動員できる目処《めど》が立ち、ニミッツもひとまず肩の荷をおろしたが、じつは第五〇機動部隊はパールハーバーへ帰投して来た当初から大きな問題を抱えていた。

指揮が消極的だとの理由で空母艦長や幹部搭乗員がこぞってパウネル少将の更迭《こうてつ》を上申してきたのだ。これにはさすがのニミッツも弱った。かれは艦隊司令官のスプルーアンスを呼び出して見解をただしたが、スプルーアンス自身はパウネルの指揮におおむね満足していた。

ところが、空母「ヨークタウンⅡ」艦長のジョセフ・J・クラーク大佐がルーズベルト大統領にまで執拗に訴状を送り付けて、問題が予想以上にこじれてしまった。

そしてすったもんだの挙げ句、ニミッツは結局パウネルの更迭に踏み切って、後任の機動部隊指揮官にマーク・A・ミッチャー少将を充てざるをえなかったのである。

ミッチャーの指揮官就任を機に機動部隊の名称が改められることになり、ニミッツ大将は年が明けた一月六日付けで新たに「第五八機動部隊」を編成した。

第五八機動部隊　M・A・ミッチャー少将
参謀長　アーレイ・A・バーク大佐
旗艦「レキシントンⅡ」（第二空母群）

〔第一空母群〕ジョン・V・リーヴス少将
・空母「ヨークタウンⅡ」
・空母「イントレピッド」
・軽空「ベローウッド」
戦艦「ワシントン」「インディアナ」
戦艦「マサチューセッツ」
軽巡「オークランド」
駆逐艦八隻
〔第二空母群〕A・E・モンゴメリー少将
・空母「エセックス」
・空母「レキシントンⅡ」
・軽空「キャボット」
戦艦「ノースカロライナ」「アラバマ」
戦艦「サウスダコタ」
軽巡「サンディエゴ」
駆逐艦八隻

〔第三空母群〕F・C・シャーマン少将
（第三七任務群を臨時編成／在エス島）
・空母「バンカーヒル」
・軽空「モントレイ」
・軽空「カウペンス」（在真珠湾）
戦艦「アイオワ」（在真珠湾）
戦艦「ニュージャージー」（欠）
重巡「ウィチタ」
駆逐艦八隻
〔第四空母群〕S・P・ギンダー少将
・空母「エンタープライズ」
・軽空「プリンストン」
・軽空「ラングレイ」
重巡「ボストン」「バルチモア」
軽巡「サンファン」
駆逐艦八隻

空母「レキシントンⅡ」の修理は一月二日に完了した。修理を機に同艦はカタパルトと機銃の増設をおこない、さらに最新の高角測定レーダーを装備した。そしてミッチャー少将は、最新型レーダーを搭載した「レキシントンⅡ」をみずからの旗艦に定めた。

第五八機動部隊の指揮下には四つの空母群が在り、ミッチャー少将の旗艦「レキシントンⅡ」は第二空母群に所属している。いずれの空母群も高速空母三隻ずつの編成となっており、艦載機の総数は七五〇機に達していた。

ただし、第三空母群の空母「バンカーヒル」と軽空母「モントレイ」は今、ハルゼー第三艦隊の指揮下へ編入され、第三七任務群として南太平洋方面の作戦に従事していた。

空母「バンカーヒル」と「モントレイ」は一二月二一日にエス島泊地から出港、二五日から一月四日にわたってニューアイルランド島の日本軍基地・カビエンを断続的に三度空襲し、一月七日にエス島泊地へ帰投しようとしていた。

このあと「バンカーヒル」「モントレイ」はエフェテ島・ハバナ港、エリス諸島・フナフティ港を経由してマーシャル諸島方面へと向かい、一月下旬に洋上で第五八機動部隊（第三空母群）に復帰合流し、「フリントロック作戦」に参加する予定となっていた。

したがって一月六日・現在、南太平洋で行動中の「バンカーヒル」と「モントレイ」はハワイを留守にしており、パールハーバーに碇泊している高速空母は、両空母を除いて全部で一〇隻となっていた。

両空母が空襲したカビエンはラバウルにほど近い。カビエン空襲の目的はおもに陽動で、日本軍の注意をラバウル方面へ引き付けておき、その隙《すき》を突いて一気にマーシャル諸島を攻略してやろうというのがニミッツ司令部の狙いであった。

「フリントロック作戦」を成功させるために、第五八機動部隊の残る空母一〇隻は、一月一六日を期して順次、パールハーバーから出撃することになっていた。

2

目前に「フリントロック作戦」をひかえてパールハーバーやホノルル港には、ひっきりなしに輸送船やタンカーが出入りしていた。空母一〇隻ももちろん出撃準備に余念がない。

主力空母の大半をパールハーバーに碇泊させている、この状況が〝決して好ましくない〟ということはニミッツも承知していた。

一九三二年二月には当時の空母部隊指揮官ハリー・E・ヤーネル少将が空母「レキシントン」「サラトガ」を率いてハワイを急襲し、オアフ島に対する奇襲攻撃を成功させていた。

あくまで実戦を想定した演習だったが、ヤーネル提督はハワイの北東方面から隠密裏に両空母を近づけ、二〇〇海里圏内に迫るや一五二機に及ぶ攻撃機を両空母から発進させて、オアフ島の飛行場をことごとく粉砕し、使用不能におとしいれていた。防衛側となるオアフ島の戦闘機は一機も発進することができず、両空母によるこの演習が大成功をおさめたという事実は、当然、ニミッツも承知していた。

演習は〝冬〟の二月七日に実施されていた。両空母は低気圧による嵐を隠れ蓑《みの》とし、夜を利してオアフ島へと一気に近づき、見事奇襲に成功していたのだ。

これを防ぐには、六〇〇海里に及ぶ航空哨戒を常に実施するしかなく、パールハーバーにこのとき、一〇隻もの空母を碇泊させていたニミッツとしては、状況がゆるすかぎり索敵距離を六五〇海里に延ばすよう、オアフ島の飛行艇部隊に対してもとめていた。

状況がゆるすかぎりというのは気象〝状況〟にほかならず、真冬のハワイ北方海域は北緯三二度付近に発生する寒帯前線の影響で荒天が続くため六〇〇海里以上に及ぶ索敵が事実上不可能となるからであった。それでもニミッツは天候がゆるすかぎり、五〇海里の延伸をもとめた。

もっとも、ハワイの危険性が大いに叫ばれたのは日米開戦をひかえた二年前のことで、日本の空母が宣戦布告と同時にハワイを奇襲して来るのではないかとの論争が、当時のキンメル司令部でもまき起こっていた。

しかし結局、日本の空母は現れず、荒天の北太平洋を冒《おか》しての進軍はやはり不可能だとの結論が出されて、キンメル司令部はそれ以降、冬の北方哨戒を取り止めていた。

司令長官がニミッツ大将に代わってからは冬の北方哨戒を再開していたが、それは飛行艇部隊によるお定まりの哨戒にすぎず、陸軍のB17爆撃機などを動員しての本格的なものではなかった。いや、B17といえども荒天が続く六〇〇海里以北の索敵は不可能で、まぐれ当たりの晴天でもないかぎり、発進を命じても帰投が危ぶまれた。

ニミッツは当然、日本軍機動部隊の動向を気に掛けていたが、情報参謀のエドウィン・T・レイトン大佐は、敵機動部隊の主力は依然〝トラックを根城にしております〟と告げていた。

空母「バンカーヒル」と「モントレイ」でカビエンにゆさぶりを掛けたときに、トラックから日本の空母が出動する気配がみられたので、レイトンはそう報告していたのだった。

――日本軍機動部隊は、第五八機動部隊がクェゼリンなどを空襲した、その数日後にはマーシャル近海へ現れ、今度こそ、空母決戦を挑んで来るにちがいない！

ニミッツはそう確信していたし、大部隊でマーシャルを攻略するにはあらゆる設備のととのったパールハーバーに味方空母を集結させて、作戦準備を万全にせざるをえなかった。

ガソリンや重油、機材や搭乗員の補充を一ヵ月余りですみやかに完了し、新たに戦列に加わった三空母を機動部隊の指揮下へ円滑に組み入れるためにも、また、空母「レキシントンII」を早急に修理するためにも、パールハーバー以外の場所で作戦準備をおこなうというのは、あまりにも非現実的だし、まず不可能だった。

機動部隊の策源地をほかに移さざるをえないほどの危機感はだれにもなく、それはニミッツとて例外ではなかった。

アメリカ海軍のだれもが日本軍機動部隊は、必ず〝マーシャル近海で決戦を挑んで来る〟と信じており、艦隊を率いて出撃するスプルーアンス中将もまた、マーシャル近海での空母決戦を想定していた。ところが、本当の脅威はすでに北方から迫りつつあったのである。

ハワイ時間で一月八日・午後四時五九分。この日は土曜日だったが、ハワイ北方洋上では早くも日が暮れようとしていた。

第七章　第一波攻撃隊出撃

1

ヒトカップ湾出撃後、山口多聞中将の第二機動部隊はハワイ北方海域へ向けて、いたって順調に進軍していた。

真冬のためダッチハーバーから発進する敵機に発見される恐れはまずなかった。北緯五四度という高緯度に位置する同地では、昼間の時間帯が八時間もなく、索敵機を飛ばしてもせいぜい六五〇海里の距離を進出できるにすぎない。

第二機動部隊はその索敵圏へ決して進入せぬよう、北緯四〇度線に沿うようなかたちで東進して行った。

ハワイ北方まで作戦部隊をもってゆけるかどうか、その成否は洋上給油にかかっている。

出撃後、一二月三〇日・正午に「魁鳳」艦上でおこなった気象観測では、ほぼ快晴、気温四・五度、風速八メートル毎秒と測定され、この日、さっそく洋上給油を実施した。

給油可能な状況になると〝ただちに作業をおこなう！〟との方針に沿ったもので、この日は重油タンクの小さな軽巡「能代」と駆逐艦一二隻への補給がおこなわれた。

安全を考慮して給油作業は、当初九ノットで実施していたが、慣れるにしたがい一二ノットまで速度を上げて作業をおこなえるようになった。

駆逐艦はすべて比較的航続力の大きい秋月型と夕雲型で統一されていた。

翌三一日は大型空母五隻を除く全艦艇に給油をおこない、一月一日には大型空母五隻と駆逐艦に給油を実施した。次いで二日には、「能代」と駆逐艦に再び給油をおこなったが、三日は風速が最大二四メートル毎秒に達し、出撃後はじめて給油を実施できなかった。

そしてこの日、午前五時前に日付け変更線を超えて、第二機動部隊はミッドウェイ島の真北・約七五〇海里の洋上を東へ通過した。

当初の予想では日付け変更線付近までは荒天が続き、給油はむつかしいのではないかと思われていたが、二日までは順調に給油ができたため、四日以降にあと、もう一度、給油を実施することができれば、作戦遂行が可能となる。

ところがその後も四日、五日と荒天が続き、五日には最大風速が二七メートル毎秒に達した。

三日連続で給油ができず山口もさすがに苛立ちを覚えたが、あと、もう一回、給油することができれば作戦可能となるので、ここがまさに我慢のしどころだった。

六日には天候が幾分か持ちなおし、風速一五メートルを超える状態ながらも「利根」「筑摩」「能代」および駆逐艦に給油を実施できた。また、七日も同じような天候が続いたが、空母をふくむ全艦艇に給油を実施することができ、第二機動部隊はここへ来て、ついに燃料の補給問題から解放されたのだった。

そして、翌八日（日本時間・ハワイ時間では七日）には、風速一〇メートル前後ながらも、さらに天候が回復した。

そこで山口中将は、ダメ押しで三隻の巡洋艦と駆逐艦にもう一度給油をおこない、その上で第二補給隊のタンカー三隻と駆逐艦「藤波《ふじなみ》」を本隊から分離した。

第二補給隊に「藤波」の護衛を付け、ひとまず日本本土方面の待機位置へ向かわせた。それがハワイ現地時間で一月七日・午前一〇時ごろ（以後はハワイ時間で統一）のことだった。

続いて、八日・午前一一時三〇分には、第一補給隊のタンカー五隻と駆逐艦「玉波《たまなみ》」も本隊から分離して、北緯三五度、西経一六二度の洋上へ向かわせた。

そこは、オアフ島の北北西およそ八五〇海里の洋上で、攻撃終了直後に本隊が再び給油を実施できるように定められた、第一補給隊の待機位置であった。

八日も、気象条件が良ければ給油を実施しようと考えていたが、再び海が荒れ始めたので給油を取り止めて第一補給隊を分離した。

こうして第二機動部隊は、八日・正午には戦闘艦だけの編成となり、オアフ島の真北・約七八〇海里の洋上まで軍を進めた。ほぼ予定どおりの進軍で、補給も万全だ。あとはオアフ島をめざしてひたすら南下するのみとなっていた。

本日（一月八日）の日没時刻はホノルル時間で午後五時二八分だが、第二機動部隊はオアフ島よりかなり高緯度の洋上を進軍中のため、実際にはホノルルより三〇分ほど早く日没を迎えることになる。よってオアフ島の北方・七〇〇海里（北緯三四度）付近では、午後五時ごろに日没を迎えて午後五時三〇分ごろまで薄暮の状態が続くことになる。

むろんオアフ島の哨戒圏外で、海は依然として荒れていた。山口中将は午後零時二〇分を期して速力一六ノットを命じ、部隊を徐々にオアフ島へ近づけて行った。

空一面を厚く低い雲が覆っており、敵機が現れるような気配はまったくない。万一、敵機の接触を受けるとすれば、この五時間ほどが最も危険な時間帯だったが、その後も変化はなく、いよいよその時が来た。

八日・午後五時三〇分。辺り一面がどっぷりと暗闇に包まれて、第二機動部隊がオアフ島の北方およそ七〇〇海里の洋上へ達したとみるや、山口は、部隊の進軍速度を一気に二二ノットまで引き上げた。本来なら二四ノットまで速度を上げたいところだったが、嵐のように海が荒れていたので進軍速度を二二ノットに抑えたのだ。

「……天祐です！　われわれは、いまだ何者にも発見されておりません！」

夜間航行に入り、参謀長の有馬正文少将が力強く宣言すると、山口も、奇襲〝成功！〟の予感を胸に秘め、大きくうなずいてみせた。

2

オアフ島へ向けて南下してゆくに連れ、第二機動部隊は低気圧から遠ざかり、海の様子も次第に落ち着いてきた。

八日・午後一一時。オアフ島の北方・約五八〇海里の洋上まで進軍して来ると、それまで荒れていた海がウソのように静まり始め、雲の切れ間から星も見えるようになってきた。

駆逐艦なども波を切って悠々と航行している。

それを見て、すっかり〝嵐から抜けた！〟と確信した山口は、俄然《がぜん》増速を命じ、第二機動部隊は八日・午後一一時を境にして、速力二四ノットで進軍し始めた。

その一時間後にはハワイ時間でも日付けが〝九日〟に変わり、第二機動部隊はいよいよ攻撃日を迎えた。

九日・午前零時過ぎに、部隊はオアフ島の北方五五五海里の洋上へ達した。「魁鳳」以下の全艦艇が、息をひそめるようにしてオアフ島へひたすら進軍している。声を発する者はなく、軍艦旗を掲げた帝国海軍の艦艇が白波を蹴って連なり、それら艦艇のエンジン音のみが、ただ轟々《ごうごう》と、洋上に響いていた。

やがて午前一時三〇分を迎えると、各艦で一斉に動きがあった。

旗艦「魁鳳」のメイン・マストに〝DG旗〟が掲げられ、「魁鳳」以下、全艦艇の艦上で連合艦隊司令長官・山本五十六大将の激励の辞が読み上げられたのだ。

『皇国の荒廃、この一戦にあり、各員いっそう奮励努力せよ！』

文字どおり、日本の盛衰はこの作戦が成功するか否かにかかっていた。成功すればハワイ攻略の突破口が開け、失敗すれば空母六隻を一挙に失う危険性もある。

山口はみずから決意をあらたにして「魁鳳」の艦橋に立ち、その姿を見てみなが、よりいっそう身をひきしめた。

しばらくすると、空母六隻の艦上では〝搭乗員起こし！〟の号令が掛かり、第二機動部隊はいよいよ戦闘状態に突入した。

六空母の格納庫で攻撃機の準備が始まり、午前二時半ごろから、暁星や零戦が順次、飛行甲板へ上げられていった。

艦の動揺を抑えるために、空母六隻の艦長は山口中将の許可を得た上で、午前二時三〇分に艦の速力を二〇ノットに低下させた。

第一波の攻撃機を飛行甲板へぎっしりと並べる必要があったのだ。

第一波攻撃隊／攻撃目標・真珠湾基地

②装空「魁鳳」／零戦一二、暁星（爆）一八
②空母「翔鶴」／零戦九、暁星（爆）二七
②空母「瑞鶴」／零戦九、暁星（爆）二七
③空母「慶鶴」／零戦九、暁星（爆）二七
③空母「雲鶴」／零戦九、暁星（爆）二七
③軽空「瑞鳳」／零戦一二

※〇数字は所属航空戦隊を表わす。

第一波攻撃隊の兵力は零戦六〇機、爆装の暁星一二六機の計一八六機。

零戦はすべて五二型で、全機が胴体下に増槽を装備している。

暁星は、五〇〇キログラム爆弾一発と増槽を装備した五四機が真珠湾で碇泊中の米艦艇に攻撃を決行し、二五〇キログラム爆弾二発ずつと増槽を装備した七二機がオアフ島の米軍各飛行場へ襲い掛かる。

第二機動部隊は今、オアフ島の北方・約四八〇海里の洋上へ達しようとしていた。

ハワイ北方海域では風速八メートルを超える強めの風が南西から吹いていた。母艦六隻は艦首を風上に立て速力二六ノットで疾走を開始する。

「これぐらいなら行けるね？」

艦の動揺がきついので山口はそう訊いたが、作戦参謀兼、航空甲参謀の淵田美津雄中佐は気合いたっぷりに即答した。

「行けます、問題ありません！」

これに山口が〝よし！〟とうなずいて、ついにその時が来た。

ハワイ時間で一月九日・午前三時一五分――。

山口中将が出撃命令を発し、それに応じて各艦長が発進を命じるや、空母六隻の艦上から第一波攻撃隊の零戦が一斉に発艦を開始した。

いまだ空は暗く、空母の飛行甲板のみが煌々《こうこう》と探照灯で照らされ、飛び立った零戦が闇のなかへ吸い込まれてゆく。やがて、視界から消え去るも零戦はぐんぐん上昇し、艦隊上空で旋回しながら編隊を組んでゆくのだった。

発艦をしくじるようなものは一機もない。続いて暁星が助走を開始し、「魁鳳」では、第一波攻撃隊の空中指揮官を務める、江草隆繁少佐の暁星が勢いよく飛び立った。

その様子を観て、淵田中佐は〝頼むぞっ！〟と心で念じ、山口中将も気合いに満ちた表情でその発進を見送った。

江草機は、爆弾倉内に五〇〇キログラム爆弾を装備しており、五四機の暁星を直率して真珠湾に碇泊する米艦艇へ襲い掛かる。第一の攻撃目標はむろん〝空母〟と決めていた。

空母「魁鳳」「翔鶴」「瑞鶴」から一八機ずつが発進し、さらに二五〇キログラム爆弾二発ずつを抱いた暁星も「翔鶴」「瑞鶴」から九機ずつが発進して行った。そして予定どおり、第一波攻撃隊の発進はきっちり一五分で完了した。

時刻はちょうど今、午前三時三〇分になろうとしている。山口も時計を見て〝よし！〟とうなずいたが、空母六隻に休んでいるような暇はなかった。機動部隊は再び針路を南に執り、二二ノットで航行してゆく。母艦六隻の艦上では早くも第二波攻撃隊の準備が始まっていた。

第二波攻撃隊には、零戦五四機、暁星九〇機の計一四四機が準備される手はずとなっていた。

気象条件は悪くない。風は強いが、ほどよく晴れており、雲量は四。オアフ島とは五〇〇海里ちかくも距離が離れており、そちらでも晴れていることを祈るばかりだが、第二機動部隊はひとまず第一波攻撃隊の発進に成功したのである。

第二機動部隊は以後も南進を続け、オアフ島の北方・三五〇海里付近まで軍を進める計画となっていた。

3

江草機の誘導に従って、機動部隊上空を大きく旋回した第一波攻撃隊は、午前三時三〇分には最後に飛び立った暁星を編隊に吸収し、オアフ島への進軍を開始した。

江草隊長機の直後には艦艇攻撃の任務を帯びた暁星五三機が続いている。その左右へ五〇〇メートルほど離れて飛行場攻撃隊の暁星が三六機ずつに分かれて陣取り、さらに五〇〇メートル上空を制空隊の零戦六〇機がカバーしていた。

飛行速度は一八〇ノット。高度三〇〇〇メートル付近に雲の層が在《あ》り、攻撃隊は雲の切れ間をぬいつつ雲上へ出て、そのすがたを海上から遮蔽した。雲上飛行である。

周囲は暗いが、満天に星が輝き、そのわずかな光が編隊を維持するための一助となっていた。オアフ島までの距離が遠く、発進から二時間ほどはこうした雲上飛行を続ける。

オアフ島上空まで二時間四〇分にも及ぶ長丁場だが、それを覚悟して訓練を実施して来たし、きっちり増槽を装備しているのでガス欠におちいる心配はまずなかった。

しかし雲上飛行は航法をあやまりやすい。雲層のため海面が見えないので偏流の測定ができないのだ。江草は雲上飛行に入った直後から、後部座席の石井樹飛曹長に命じて、方向探知機に反応がないかを探らせた。ホノルル・ラジオ局の電波をキャッチしてやろうというのである。これに成功すれば問題なくオアフ島上空へ達するが、なかなか電波を受信できない。


江草は一抹の不安を覚えながらも攻撃隊を前進させるしかなかったが、午前五時を過ぎたころに状況が一変した。

石井が突如として声を上げたのだ。

「聞こえます。ハワイアンの音楽です！」

レシーバーに耳を当て、そう叫ぶや、石井はクルシーの枠型空中線をくるくると回して、電波の方位をぴたりと測定した。

すると、やはり風の影響で針路が左へ六度ほどずれていた。

「隊長！　今から無線航法でいきます！」

江草はもちろん即座にうなずいて針路を右へ修正し、これで江草機はわずらわしい航法から俄然解放された。

午前五時を過ぎたこの時点で、第一波攻撃隊はすでに二八〇海里以上の距離を前進していた。

残るオアフ島までの距離は二〇〇海里を切っている。放送局の電波を受信できたことは、二重の意味で収穫だった。

一つはむろんわずらわしい航法から解放されたことであり、もう一つはラジオ放送局が軍からの規制を受けずに電波を出していることだった。オアフ島に警戒している様子はみられず、これでいよいよ江草は〝奇襲でゆける可能性が高い！〟と胸をふくらませた。

実際ハワイ政庁やオアフ島米軍は、アメリカ本土から長距離飛行でやって来る民間機やB17などが航法をあやまらぬよう、放送局に対して電波を出しておくよう依頼していたのだった。

そして午前五時二〇分過ぎ、江草機は列機を先導しながら一気に降下して、攻撃隊の飛行高度を三〇〇〇メートルまで下げた。

オアフ島の一五〇海里圏内へ進入したので高度を下げ、敵基地からのレーダー探知を避けようというのであった。

速度は一八〇ノットを維持している。こうしておけばレーダーに引っ掛かることはおそらくないはずだが、その反面、オアフ島近海で敵艦などが行動していた場合は、発見されやすくなる。

第一波攻撃隊は雲を突き抜けて降下し、雲下を飛行し始めた。

ここからの四五分ほどがまさに勝負で、危険な時間帯だった。オアフ島上空へたどり着くまでに発見されてしまうと、当然、奇襲がむつかしくなる。しかし米軍は、すでに強力なレーダーをオアフ島に配備している。そのレーダー探知を避けるには、危険を承知の上で雲の下を飛んでゆくしかなかった。

雲上飛行を続けているとレーダーに探知されるのは確実だが、雲下へ出て敵艦と出くわすかどうかはやってみなければわからない。それだけに発見される危険性がある反面、見つからないという可能性も半分はあった。

はたして、第一波攻撃隊はついていた。米潜水艦「ダーター」がハワイ北方で哨戒任務に就いていたが、同艦はこのとき、オアフ島の北方二八〇海里付近で行動していた。そのため第一波攻撃隊は、「ダーター」の上空をはるかに南へ飛び過ぎてから高度を下げていたのだった。

しかも潜水艦の搭載するレーダーは、水上艦のレーダーより探知能力で劣るため、第一波攻撃隊は「ダーター」に気づかれることなく、その上空を飛び過ぎていた。じつに幸運だったが、これは単なる偶然ではなかった。

哨戒任務を帯びた「ダーター」は、オアフ島の北方二五〇海里～三〇〇海里で遊弋し、哨戒網を構築していたが、第二機動部隊が四八〇海里もの遠方から攻撃隊を発進させたので、日本の空母を捕捉することができなかったのだ。

艦載機で〝五〇〇海里ちかくもの遠方から攻撃を仕掛ける〟というような芸当は、米軍の常識では到底不可能だった。第二機動部隊はその常識を見事にくつがえし、また、山口は常識をうち破るために両翼下に取り付ける二〇〇リットルの増槽を暁星用に準備したりして、オアフ島に対する奇襲を〝いかにして成功させるか?〟という課題に何年も前から取り組んできた。それが、今、実を結ぼうとしている。

本日の日の出時刻は、ホノルル時間で午前六時三二分。よって午前六時ごろには空が白み始めて来る。が、高度四〇〇〇メートルの上空では、地上より一〇分ほど早く日の出を迎えるため、午前五時五〇分には薄明を迎える。

それを承知の上で江草は、オアフ島の北方・約四五海里の上空へ〝達した！〟とみるや、第一波攻撃隊の飛行高度を一気に四〇〇〇メートルまで引き上げた。それが五時五五分のこと。

それだけではなく江草は、全機に増槽の投下を命じた上で、攻撃隊の進軍速度を一八〇ノットから二五〇ノットへ引き上げ、一気に真珠湾上空をめざした。

二五〇ノットという速力は暁星のほぼいっぱいに近かったが、高度を上げるに連れて視界がみるみる開けて来た。そして午前六時にはオアフ島の北端・カフク岬の上空へ差し掛かったが、敵戦闘機による迎撃は皆無だった。

めざす真珠湾はカフク岬の二五海里ほど南方に位置し、地上でもこのときちょうど薄明を迎えていた。

――よし！　あと六分ほどで真珠湾だ！

なおも敵戦闘機のすがたは見えず、江草はいよいよ奇襲〝成功〟を確信した。オアフ島配備の敵戦闘機が今すぐ離陸を開始したとしても四〇〇〇メートルの高度まで上昇して来るのにたっぷり五分ほど掛かる。それに複数の敵機が一斉に飛行場から飛び立つことはできないので、護衛の零戦が六〇機もあれば、敵戦闘機から組織立った反撃を受けるような恐れもなかった。

そして幸運なことに、オアフ島の南北に連なるコオラウ山脈の上空には雲が掛かっていたが、真珠湾上空には、すっぽりと抜け落ちたように雲がなく、視界が開けていた。

真珠湾へ近づくにつれてそのことがはっきりして来たので、さしもの江草も逸《はや》る気持ちを抑えるのに苦労した。心拍数がひとりでに上昇、一秒をいつもより長く感じて、一瞬、時が止まったかのような錯覚におそわれた。

時刻は午前六時三分になろうとしている。ようやく今、ホイラー飛行場近くの東方上空へ差し掛かったが、迎撃に上がって来るような敵戦闘機は一機もない。ホイラー基地を右手に見下ろしながら通り過ぎると、たくさんの敵戦闘機がずらりと整列しているのが見えた。だが、ふしぎなことに動いている機は一つもなく、そのことが江草にはかえってぶきみだった。

一刻も早く突撃を命じたいのは山々だが、奇襲に成功した場合の第一弾は、真珠湾に〝在泊する敵艦に対して投じる！〟と決めていた。

そのため江草は、飛行場攻撃隊の暁星七二機に散開を命じはしたものの突撃命令の発出を思いとどまり、五四機の暁星を直率して真珠湾上空へとさらに急いだ。

敵戦闘機はおろか対空砲火もすっかり沈黙しており、敵は一発も撃って来ない。これはどうみても敵飛行場ではなく、敵艦への攻撃を優先すべき状況にちがいなかった。

――あせるな！　我慢しろ……。

しかしそれからの二、三分は気が遠くなりそうなほど、無性に時間を長く感じた。

先の散開命令で江草隊の直上を護《まも》る零戦は一八機となっていた。が、敵戦闘機に対する警戒はもはや必要なかった。江草はただひたすらに、迫り来る真珠湾へ全神経を注ぎ、目を皿のようにして湾内の様子を探った。

そして、真っ先にフォード島を確認し、その島影が視野いっぱいに広がって来るや、江草は次の瞬間、自分でもびっくりするほどの大声で叫んでいた。

「しめた、フォード島の南岸沿いに空母がいるぞっ！　大きいヤツが五隻だ！　……いや、小さいのも入れると一〇隻はいる！」

これほどの〝幸運があるだろうか〟と、石井も敵空母が居並ぶ光景に釘付《くぎづ》けとなっている。そして感激のあまり石井はむせび泣き、もはや〝命は要らない！〟とさえ思ったが、直後に江草隊長が突撃命令の発信を命じたため、感傷にひたっている暇はなかった。

『全軍、突撃せよ！（トトトトトトッ！）』

石井が急いで顔をぬぐい、電鍵を叩いたのが午前六時六分のことだった。

江草機の発した〝ト連送〟を受け、飛行場攻撃隊の暁星も〝待ってました！〟とばかりに突入を開始する。

そして、そのときにはもう、江草機は機首を突っ込んで急降下を開始しており、最も南西寄りで碇泊していた一隻の大型空母をめがけて、必中の爆弾を投じていた。

江草機から狙われたのは第一空母群のエセックス級空母「ヨークタウンⅡ」だった。

このとき、第一空母群司令官のリーヴス少将は艦を不在にしていたが、艦長のクラーク大佐は艦内に居た。が、さしものクラークも先ほど起床したばかりで、完全に不意を突かれた。

まったく動かぬ敵空母を江草がやり損なうはずもなく、同機の投じた爆弾は空母「ヨークタウンⅡ」の飛行甲板・ほぼ中央を突き刺した。

むろん五〇〇キログラム爆弾で、上甲板をも貫いたその爆弾は艦内奥深くまで達して炸裂、たちまち火災が発生して「ヨークタウンⅡ」はボイラーの一部を焼損した。

すさまじい衝撃に驚いたクラークは、着の身着のまま艦橋へ駆け上がり即座にエンジンの始動を命じたが、乗員の多くが配置に就いておらず艦を動かすのはそう簡単ではなかった。

幸い電話は通じており、クラークはみずから受話器をつかんでまず司令部へ通報し、次いで空襲警報センターにも連絡を入れ、急ぎ警報を発するよう命じた。

じつは「ヨークタウンⅡ」が爆撃を受けるまではほとんどの者が敵襲に気づいておらず、クラークの通報によって、太平洋艦隊司令部もようやくうごき始めたような始末だった。

司令部では参謀長のチャールズ・H・マクモリス少将が詰めていたが、夜明けを迎えたばかりでニミッツ大将はまだ登庁していなかった。

受話器を置くや、クラークは一目散にデッキへ出て空を見上げた。すると、獲物に飢えたハゲタカのようにして上空に、日本軍爆撃機が群がっているではないか……。

一〇機や二〇機ではなく、敵爆撃機は〝五〇機以上もいる！〟とみられ、さらに「ヨークタウンⅡ」へ襲い掛かろうとしているものも一〇機ほど存在した。

それでも、とにかくエンジンを掛けようと、クラークは何度も号令を発したが、最初の命中から五分以上経っても努力が実らず、エンジンを始動する前に「ヨークタウンⅡ」は二発目、三発目の爆弾を立て続けに喰らってしまった。

もはやこうなると、消火もままならず、さすがのクラークも天を仰《あお》いだ。

――や、やられた！　万事休すだ……。

三発の爆弾はいずれも機関部近くにまで達して炸裂し、「ヨークタウンⅡ」はまさに艦の中心部が大火災に見舞われた。これで機関の始動はもはや絶望的となり、クラークもいよいよ危険を感じてみなに退避を命じるしかなかった。

なるほど、この判断は賢明だった。クラークが退避を命じてからも、「ヨークタウンⅡ」は爆撃を受け続け、結局、五発の五〇〇キログラム爆弾を喰らって同艦は見るも無残に大破した。

かたや、真っ先に爆撃を終えた江草機は、高度五〇〇〇メートル近くまで上昇し、フォード島の南へ居並ぶ敵空母へ、列機が次々と爆弾を投下し始めたのを確認してから石井に命じた。

「石井、発信！　よいか、東京まで電波を届けるつもりでやれ！『われ奇襲に成功せり！（トラ・トラ・トラ）』だ！」

石井が出力をめいっぱい上げてこれを送信したのが午前六時一二分のこと。内地の時計はすでに一月一〇日の午前一時四二分を指していたが、軍令部や連合艦隊の旗艦「武蔵」も首尾よく同電の受信に成功した。

これを受け、連合艦隊司令長官の山本五十六大将は即座に「ハワイ攻略作戦」を発動し、ブラウン基地で待機中の第一機動艦隊や第二艦隊などに対して『即刻ハワイ方面へ向けて出撃せよ！』と命じたのである。

そして、この日・午後には連合艦隊の旗艦「武蔵」もついに腰を上げ、まずはサイパンをめざし出動して行った。

4

いっぽう江草機が、真珠湾上空で全軍に〝奇襲成功！〟と打電したのは当然だった。

このときフォード島の南岸に沿って、南西から北東へ掛けて、ほぼ一直線に並んでいた大型空母は「ヨークタウンⅡ」「レキシントンⅡ」「エセックス」「エンタープライズ」「イントレピッド」の五隻で、右の順番に従って「ヨークタウンⅡ」が最も南西寄りで碇泊し、「イントレピッド」が最も北東寄りで碇泊していた。

かたや、軽空母五隻はその多くがフォード島の北岸へ沿って碇泊しており、新型戦艦七隻は大型空母五隻の南へ一直線に並び、空母を魚雷攻撃から護るようにして碇泊していた。

江草機の発した突撃命令を受け、軽空母へ襲い掛かった暁星は一機もなかったが、戦艦の一部はいわば〝とばっちり〟の攻撃を受けた。

空母「レキシントンⅡ」へ寄り添うように碇泊していた戦艦「サウスダコタ」が、流れ弾二発を喰らったのだ。

その被弾によって「サウスダコタ」が致命傷をこうむるようなことはなかった。しかし煙突付近で火災が発生し、艦上は一時騒然となっていた。エンジン停止中のため、自力での迅速な消火が困難で、海軍工廠のタグボートから放水の応援を受け、「サウスダコタ」は三〇分後にようやく鎮火に成功した。

むろん艦上構造物が破壊されただけで、航行は可能だが、戦艦「サウスダコタ」もまた、修理に一ヵ月を要する損傷を負っていた。

そして、肝心の大型空母だが、江草隊の猛攻を無傷で乗り切ったものは一隻もなく、最も多くの暁星が殺到したのは、「サウスダコタ」の真横で碇泊していた、空母「レキシントンⅡ」だった。江草機の投じた爆弾が「ヨークタウンⅡ」にまんまと命中し、その後方に並んでいた「レキシントンⅡ」が次に狙われたのだ。

同艦に襲い掛かった暁星は二一機をかぞえ、かれらは計一〇発の命中を得て、「サウスダコタ」に二発、「レキシントンⅡ」に対して八発もの爆弾を命中させた。

機動部隊をあずかるミッチャー少将は、運よく旗艦を留守にしていたが、「レキシントンⅡ」の船体は跡形もないほど破壊され、艦橋なども吹き飛ばされたので、ミッチャー少将が在艦していたとしたら危ないところだった。

日本側としては、「レキシントンⅡ」に攻撃を集中しすぎたきらいはあるが、敵機動部隊の旗艦を仕留めることができたので攻撃の優先順位をあながちまちがえたともいえない。たび重なる爆弾の炸裂で船体に亀裂を生じた「レキシントンⅡ」は大破着底し、もはや廃艦同然となっていた。

引き裂かれた船体からすさまじい黒煙が昇っている。その黒煙は江草機が旋回している四〇〇〇メートルの上空にまで達しようとしていた。大物を仕留めたのはまちがいないが、この大型空母へあまりにも多くの味方攻撃機が殺到しようとしていたので、江草はとっさに攻撃目標の変更を列機に命じ、じつは魁鳳降下爆撃隊の九機が途中で標的を「ヨークタウンⅡ」に変更し、江草機が投じた爆弾をふくめ、計五発の命中を「ヨークタウンⅡ」にあたえていたのだった。

ほかの空母にも攻撃を加えるよう江草が命じてからは、特定の空母にだけ攻撃が集中するようなことはなかった。

そのなかでも圧巻の攻撃を成し遂げたのが、瑞鶴爆撃隊の六機だった。かれらは空母「エンタープライズ」へ襲い掛かり、じつに五発もの爆弾を命中させてこれを大破炎上させた。

六機を率いて「エンタープライズ」へ突入したのは海兵六二期卒の千早猛彦《ちはやたけひこ》大尉で、千早はほかのエセックス級四空母とはあきらかにちがうその艦型を観て、狙う敵空母がエンタープライズ型であることをきっちり見定めていた。

——よーし、願ってもない獲物だ！　わが機動部隊はこれまでコイツに散々煮え湯を飲まされてきた……。動かぬうちに叩きつぶし、「赤城」の仇《かたき》を取ってやる！

千早は「ミッドウェイ海戦」当時に、一航戦で艦爆隊長を務めていたので、「赤城」に対する思い入れがとくに強かった。

帝国海軍航空隊は、あと〝もう一歩！〟というところまで「エンタープライズ」を追い詰めながら何度も取り逃してきた。それが今〝攻撃してください〟と言わぬばかりに眼下で動かず碇泊しているのだ。

「赤城」の仇討《あだう》ちを果たすこれ以上の好機が今後おとずれるはずもなく、千早猛彦の意地の執念が六機の操縦員にもひしと伝わり、かれらの潜在能力を存分に引き出した。千早機がまさに先頭で突っ込み、宿敵「エンタープライズ」の飛行甲板へ爆弾をねじ込むと、かれらも立ち昇る爆炎をものともせず捨て身で突っ込み、五発の爆弾を次々と命中させた。

五発目の爆弾が命中した直後に艦内で大爆発を起こし、「エンタープライズ」は突如船体に亀裂を生じて海に底を付いた。帝国海軍の五〇〇キログラム爆弾が同艦に命中したのはこれがはじめてのこと。それを立て続けに五発も喰らったのだからたまらない。弾倉庫内でみずからの爆弾が誘爆を起こし、「エンタープライズ」はどす黒い煙に呑み込まれ、湾内に沈座着底したのである。

これで「レキシントンⅡ」に続いて「エンタープライズ」も廃艦同然の状態となったが、攻撃すべき大型の米空母はあと二隻残っていた。

それは、江草機が爆撃を加えた最南西の「ヨークタウンⅡ」からかぞえて三番手の位置で碇泊していた「エセックス」と、五番手の位置で碇泊していた「イントレピッド」だったが、両空母とも決して軽傷では済まなかった。

江草隊の暁星は、すでに三九機が先の三空母に対して攻撃中かもしくは攻撃を終えており、残された兵力は一五機となっていた。

そして、一五機中の九機が「エセックス」に襲い掛かって四発の命中弾を得、残る六機も「イントレピッド」へ突入して二発の爆弾を命中させていた。

両空母は「エンタープライズ」とほぼ時を同じくして攻撃を受けていた。

立て続けに爆弾四発を喰らった空母「エセックス」は自力での航行が不可能となって大破し、まもなく艦長のラルフ・A・オフスティ准将が退去命令を発した。けれども、爆弾二発の命中で済んだ空母「イントレピッド」は、五空母のなかで唯一、致命傷をまぬがれ、いまだ自力航行が可能な状態を維持していた。

艦長のトーマス・L・スプレイグ准将は被弾後一〇分ほどで火を消し止め、午前六時三六分にはエンジンの始動に成功した。だが「イントレピッド」もまたボイラーの一部を損傷して速力が思うように上がらず、わずか一〇ノットながらも航行を開始して、スプレイグ艦長は敢然と湾外脱出をこころみた。

ところが、考えることはみな同じで、運よく空襲をまぬがれた戦艦などが一斉に湾外へ逃れようと動き始め、真珠湾の水路は俄然、大混乱におちいった。

ハワイ近海で日本の空母数隻が行動しているのはもはや疑いなく、このまま湾内でじっとしていると再度空襲を受けるのは必定。それを避けるには一刻も早く湾外へ出、アメリカ西海岸の基地へ逃れるしかなかった。

スプレイグも当然そう考えたが、放水のために工廠から出動したタグボートや、大破した四空母の乗員救助などでフォード島の南方水路はいつになくごった返しており、「イントレピッド」もなかなか動けず、湾外へ脱出するのに、すくなくとも三〇分は掛かりそうだった。

そうした湾内の様子を眈々《たんたん》と見下ろし、上空ではなおも江草機がねばっている。江草は第一波攻撃隊に対し、午前六時三六分に引き揚げを命じたが、独り真珠湾の上空へ居残って「イントレピッド」の動きを注視していたのである。

5

空襲を受けたのは真珠湾ばかりではない。同時にオアフ島の各飛行場も猛攻を受けていた。

山口中将の第二機動部隊としては米空母の存在に最も注意を払うべきだったが、その次に脅威となるのがオアフ島の米軍航空隊だった。

主要なオアフ島の米軍航空基地は、ホイラー飛行場、ヒッカム飛行場、フォード島飛行場、カネオヘ飛行場、エヴァ飛行場の五ヵ所で、第一波攻撃隊はこれら五つの航空基地に的を絞って攻撃をおこなうことになっていた。

江草隊長機の発した突撃命令を受け、飛行場攻撃の任務を帯びた各爆撃隊は、ほぼ同時に攻撃を開始したが、わずかな差で真っ先に攻撃を開始したのがホイラー飛行場へ襲い掛かった零戦一八機と暁星一八機だった。

じつは、攻撃を開始する直前に兵舎から続々と米兵が駆け出して来たので、かれらはこれ以上ないほどやきもきさせられたが、そこへ後ればせながら江草機の発した〝ト連送〟が飛び込んで来たので、暁星はほとんどフライング気味でホイラー飛行場へ突入していた。

飛行場攻撃隊の暁星は周知のとおり二五〇キログラム爆弾二発ずつを装備しており、最初の爆撃は緩降下でおこない、二発目を急降下爆撃で投じることになっていた。そのため、初弾でピンポイント爆撃を実施するのがむつかしく、みなが攻撃をあせるのは無理もなかったが、二機目の投じた爆弾が首尾よく、滑走路で居並ぶ敵戦闘機群のほぼ真ん中に命中したので、その瞬間に〝勝敗は決した！〟といってよかった。

吹き飛ばされた米軍戦闘機の機体や翼が周囲に飛散。それを避けるために米兵の足がぴたりと止み、敵が二の足を踏んでいるあいだに残る暁星も次々と爆弾を投じることができた。

はたしてそれからはもう、日の丸飛行隊の思うツボとなり、多くの戦闘機を破壊された米軍パイロットは、ついに発進をあきらめて防空壕の方へ退避し始めた。

一航過目の爆撃は一〇分ほどで終わった。暁星が態勢を立てなおしているあいだに零戦一八機は低空へ舞い下りて容赦なく二〇ミリで機銃掃射をおこない、ホイラー上空を制圧し続けるとともに地上の敵機へ追い撃ちを掛けていった。

暁星は五分ほどで舞い戻り爆撃を再開した。しかし、そのころにはさすがに対空砲が火を噴き始め、かれらは零戦一機と暁星二機を失いながらも敵戦闘機一五〇機ちかくを撃破し、滑走路をしばらく使用不能におとしいれた。ホイラーにはそれでも飛行可能な戦闘機が一〇〇機ほど残されていたが、発進はとても不可能だった。

飛行場のいたるところに機の残骸が散らばっているため、それをまず取り除き、あらためて整地しなおさなければ危険で、戦闘機を迎撃に上げることができないのであった。

ホイラー米軍戦闘機隊の活動を封じることに成功し、これで第一波攻撃隊はオアフ島上空の制空権をすっかり掌握した。

あとはヒッカム基地配備の爆撃機群を無力化すれば、第二機動部隊に対する反撃の芽《め》を摘み取ることができる。ヒッカムの攻撃には零戦一八機と暁星二七機が向かっていた。

空母「ヨークタウンⅡ」に対する江草機の爆撃から後れること約一分。ヒッカムに対する爆撃も奇襲となって成功し、地上に居並ぶ米軍爆撃機の頭上から、暁星が次々と二五〇キログラム爆弾を投じていった。

その効果たるや絶大でA20、B17、B24、B25といった機体がかたっぱしから粉砕され、漏れ出たガソリンが周囲に燃え広がって、多くの米軍爆撃機が連鎖的に誘爆し始めた。

ヒッカム飛行場からもうもうたる黒煙が幾筋も昇っている。日本軍攻撃隊にとって幸いだったのは、オアフ島上空では風が東から吹いていたことだった。

ハワイ北方海域では周知のとおり風が南西から吹いていたが、そこから四八〇海里（約八九〇キロメートル）ほど南へ離れたオアフ島ではおよそ気候がちがっており、冬は東から風が吹くことが多かった。もし江草機が、最も東寄りで碇泊していた空母「イントレピッド」に最初の爆弾を投じていたとすれば、爆煙が東風に煽《あお》られて西へたなびいてしまい、残る四空母への攻撃をむつかしくしていたと思われる。江草機が最も西寄りで碇泊していた空母「ヨークタウンⅡ」に最初の爆弾を投じたのは東から吹く風の影響をきっちり考えてのことだった。

ヒッカム飛行場から立ち昇るすさまじい黒煙は西へとたなびき、真珠湾上空をほとんど遮蔽《しゃへい》することがなかった。

ヒッカムに襲い掛かった暁星もむろん二五〇キログラム爆弾二発ずつを搭載している。三〇分ちかくに及ぶ攻撃で、ヒッカム飛行場に投じられた爆弾は五〇発以上に達し、一五〇機以上の米軍爆撃機が破壊されて滑走路もずたずたに引き裂かれた。いまだ攻撃を終えていない三機の暁星は、もはやヒッカムに対する攻撃は〝不要〟とみて、フォード島飛行場へと急降下し、ダメ押しの攻撃をおこなった。

そこには空母へ搭載されようとしていたヘルキャットやヘルダイヴァー、アヴェンジャーといった艦上機が八〇機ほど駐機しており、江草隊に随伴していた一八機の零戦がさかんに機銃掃射を加えていた。そこへ、ヒッカム攻撃を取り止めた三機の暁星が急降下し、爆弾三発を投じてとどめの爆撃を実施した。

その爆撃によりフォード島飛行場でも六〇機ほどが破壊され、残る二〇機余りも身動きが取れず立ち往生していた。

それだけではない。時を同じくして、オアフ島東部のカネオへ飛行場には零戦一二機と暁星九機が襲い掛かり、南西部に在るエヴァ飛行場にも零戦一二機と暁星一二機が攻撃に向かって、海兵隊機やPBY飛行艇など、九〇機に及ぶ米海軍機を撃破していた。

時刻は午前六時三五分になろうとしている。

オアフ島は三分前に日の出を迎えていたが、上空にどす黒い煙が漂い、島全体に暗い影を落としている。夜明けを歓迎している米兵はだれ一人としておらず、アメリカ国民はのちに〝一月九日の日曜日〟を屈辱の「ブラック・サンデー」と呼ぶことになる。

江草機は上空を大きく旋回しながら戦果を再確認し、まもなく攻撃隊に引き揚げを命じた。

最大の戦果はなんといっても四隻の敵大型空母を撃沈大破したことだった。残るもう一隻は中破したにとどまり致命傷をあたえることはできなかったが、その敵空母もきっちり〝掌中《しょうちゅう》に捕らえている！〟といってよい。

コイツを〝取り逃すまい〟と、江草機はなおも真珠湾上空で旋回を続けていた。

飛行場に対する攻撃効果も上々だった。

主要な五つの飛行場はどれも大破しており、オアフ島の米軍航空隊は壊滅的状況にある。現に上空を飛ぶ敵戦闘機はなく、すくなくとも午前中はこうした状態が続くにちがいなかった。

もし米軍が、日本軍機動部隊の来襲を予期していたとすれば、オアフ島に一〇〇〇機以上の陸海軍機を集中配備して、迎撃態勢をととのえておくこともできただろう。しかし米軍はそれをまったく予期しておらず、一月九日の時点でオアフ島に配備されていた陸海軍機は、フォード島基地で待機していたヘルキャットなどの艦上機をふくめても、総勢六五〇機ほどにすぎなかった。

そして、第一波攻撃隊は見事奇襲に成功し、零戦三機と暁星五機を失いながらも、四五〇機余りに及ぶ敵機を地上で撃破していたのである。

江草少佐の第一波攻撃隊は、奇跡的な大勝利をおさめたといってよかった。

6

ジープを飛ばしてチェスター・W・ニミッツ大将が午前六時二八分に太平洋艦隊司令部へ駆け付けたとき、日本軍・第一波攻撃隊の空襲はもはやおおかた終わろうとしていた。

すでに「エンタープライズ」「エセックス」「レキシントンⅡ」「ヨークタウンⅡ」の四空母は大破しており、「イントレピッド」にも二発目の爆弾が命中していた。ニミッツ長官の姿を認めるや、マクモリスが居ても立ってもおられず報告した。

「ち、長官、日本軍にしてやられました！　主力空母五隻が大損害を受けております！」

ニミッツもうすうす感じてはいたが、たまらず訊き返した。

「五隻とも、やられたか!?」

マクモリスはこれにうなずき、がっくりと肩を落としたが、やがて「イントレピッド」は〝自力航行が可能である〟とわかり、二人の表情にかすかながらも生気がやどった。

しかし、それは気休め程度でしかなく、依然として危機的状況は続いている。オアフ島航空隊も壊滅的な被害を出しており、敵機が飛び去るのをただ堪《こら》えて、待つほかなかった。

そして、ようやく午前六時三五分ごろに空襲が止《や》み、それを待っていたかのようにしてニミッツが口を開いた。

「空母から飛び立った艦載機にちがいない。が、……いったい、どこから来た?」

マクモリスもまったく見当が付かず頭《かぶり》を振るしかなかったが、その数分後に通信参謀が作戦室へ駆け込み、敵機は「北へ飛び去りつつあるようです!」と報告した。

「なにっ、北だと!?」

ニミッツはますます腑《ふ》に落ちず驚きの声を上げた。それもそのはず。ハワイ北方洋上では「ダーター」以下の味方潜水艦三隻を哨戒任務に就けておいた。日本の空母群がその哨戒網をすり抜けて攻撃隊を〝出せるはずがない!〟と、ニミッツは思ったのだ。

かれがそう思うのも無理はない。日本軍機動部隊は二五〇海里ないし三〇〇海里手前の洋上から攻撃隊を出して来るのがお決まりのパターンとなっていたが、その近辺には事前に三隻の潜水艦を抜かりなく配置しておいた。

味方潜水艦が敵空母を見落とすということは考えづらく、ニミッツとしては頭のなかがいよいよこんぐらかってきたが、現に敵機は〝北へ飛び去りつつある〟というのだから、この報告を無視するわけにもいかない。

実際には山口機動部隊が四八〇海里もの遠方から攻撃隊を発進させたので米潜水艦に発見されるはずもなかったが、こうした遠距離攻撃を可能にしたのは、ほかでもない雷爆撃機・暁星ならではの特徴を活かした持ち味だった。

雷爆撃機である暁星は、当たり前だが、魚雷を装備して空母から発艦できる。航空魚雷の重量は八五〇キログラムに達するが、ガソリンの比重は〇・七五なので二〇〇リットルの増槽を二個装備してもその重量は三〇〇キログラム（二〇〇リットル×二個×〇・七五）ほどでしかない。

したがって、爆弾の搭載量を五〇〇キログラム以下で我慢すれば、追加増槽分の重量三〇〇キログラム＋アルファを加えても装備重量が八五〇キログラム程度にしかならず、ほぼ航空魚雷を装備したときと同じ状態で、暁星は空母から飛び立つことができる。

しかも、急降下爆撃が可能な暁星は艦攻や零戦などと比べても主翼が頑丈に出来ており、翼下に二〇〇リットルの増槽を装備してもまるで支障がなかった。そして攻撃時に増槽を切り離せば、もちろん急降下爆撃で敵を攻撃することもできるのであった。

山口多聞は軍令部・第一部長に在任中の当時から雷爆撃機のこうした特性に着目し、ハワイを奇襲する、そのための準備を入念かつ周到に進めてきたのである。

そうとは知らないニミッツやマクモリスが泡を喰い、顔面蒼白となるのは無理もなかった。

第一波攻撃隊の奇襲を防ぐにはよほどの注意力と警戒心、それに陸軍航空隊などにも協力を仰いでおく必要があったが、さしものニミッツも、その必要性をまるで感じていなかった。

情報参謀レイトン大佐の報告により、日本軍機動部隊の旗艦で敵空母戦力の要《かなめ》となるはずの「大鳳」が、数日前にトラックから〝エニウェトク（ブラウン）環礁へ移動した！〟ということがわかっていたからである。

――日本軍機動部隊の主力は今現在、中部太平洋方面で行動している！

ニミッツだけでなく太平洋艦隊司令部の全員が今朝、パールハーバーが奇襲攻撃を受けるまではすっかりそう信じていた。

ところが、現実には奇襲をゆるしてしまい、虎の子のエセックス級空母三隻と空母「エンタープライズ」が致命傷を受け、あきらかに作戦不能となってしまった。

「……長官。じつに残念でなりませんが、『フリントロック作戦』は、計画を一から見なおす必要がございます」

マクモリスが恐るおそる進言すると、さすがのニミッツも現実を受け止め、うなずかざるをえなかった。

こうもあっさりと、パールハーバーへの奇襲をゆるし、マーシャル占領計画が一瞬にして水泡に帰してしまい、ニミッツは頭のなかの戦争計画が音を立て一気に崩れてゆくような強迫観念におそわれた。いや、「フリントロック作戦」が瓦解《がかい》したばかりではない。

このハワイでさえも〝危ない！〟ということが今ようやく、ニミッツやマクモリスにも自覚され始めてきた。

――来襲した敵機は二〇〇機足らずだった。敵の空襲はまだ始まったばかりだ……。これで終わるようなことはないだろう。

かれらの予感は的中しており、ハワイ北方を南下中の空母六隻の艦上からは、午前四時を期して一四四機に及ぶ艦載機が飛び立っていた。

すでに太陽は昇っている。

そのまばゆい光線を受けて、一四四機の翼には真っ赤な〝日の丸〟が燦然《さんぜん》と輝いていた。

VICTORY NOVELS ヴィクトリー ノベルス

米海軍崩壊(1)

逆襲の真珠湾攻撃！

2025年1月25日　初版発行

著　者　　原　俊雄
発行人　　杉原葉子
発行所　　株式会社 電波社
〒154-0002　東京都世田谷区下馬6-15-4
TEL. 03-3418-4620
FAX. 03-3421-7170
https://www.rc-tech.co.jp/
振替　00130-8-76758

印刷・製本　中央精版印刷株式会社

乱丁・落丁本は、小社へ直接お送りください。
郵送料小社負担にてお取り替えいたします。

ISBN 978-4-86490-282-3 C0293

戦記シミュレーション・シリーズ

ヴィクトリーノベルス 絶賛発売中!!

VICTORY NOVELS

装甲空母大国

1 大鳳型を量産せよ！
2 中部太平洋大決戦！
3 電撃のハワイ作戦！
4 装甲空母大決戦！

ミッドウェイの仇討ちを果たせ！　装甲空母
「大鳳」「白鳳」「翔鶴」!!　逆襲の精鋭空母艦隊！

原　俊雄

定価：1 2 本体950円＋税
3 4 本体1、000円＋税

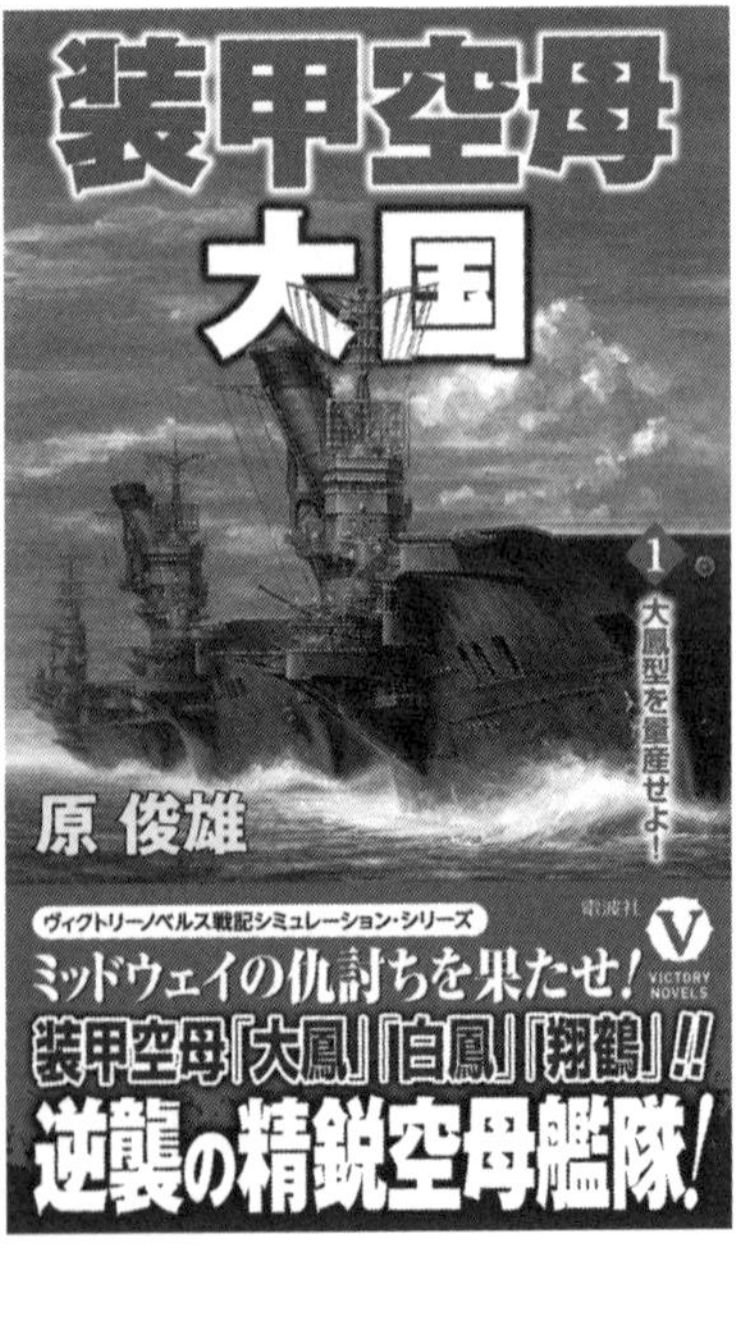